イ・ラン

アヒル命名会議

斎藤真理子＝訳

河出書房新社

アヒル命名会議

目　次

いち、にの、さん

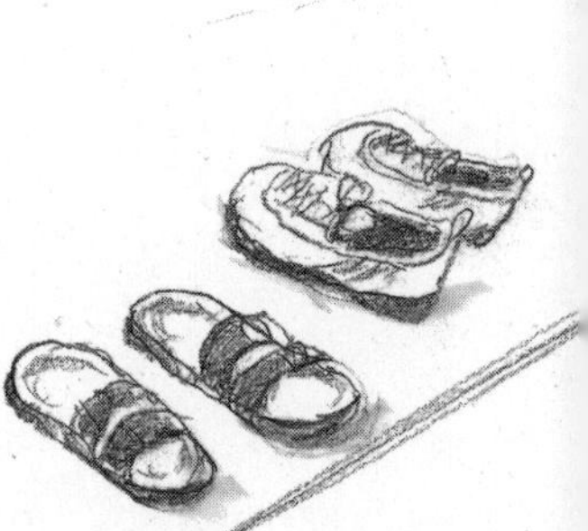

登場人物

女：30代前半、韓国人、男の恋人。

男：30代後半、日本人、女の恋人。

猫：12歳。2人が飼っている猫。

1　寝室。室内。朝。

窓から朝の日差しが斜めに入ってくる。2人で寝るには狭いシングルベッドで、女が先に体を起こす。女が起きるとその気配に気づいて猫が起き、ごはんをおくれ、にゃおん、にゃおんとやかましく鳴きはじめる。女はゆっくりと寝室を出てキャットフードを器に入れ、また部屋に戻ってくる。まだ目が覚めないのか、ぐったりと寝込んでいる男の体の上に重なって横になる。そして左手でベッドの横のテーブルを手探りし、携帯を探し当てて手に取り、顔のそばに持ってくるが、目がしょぼしょぼしてよく見えないようだ。眉間にしわを寄せてのぞき込んだ画面から「緊急災害メール」という文字が目に飛び込んでくる。眉をひそめたままでメールを読んでいた女は事態がよく把握できないのか、首をかしげる。それからすぐに男の体から降りるとベッドの角にもたれて座り、同じメールをもう一度読み、ツイッターにアクセスする。女は人差し指で何度か画面をスクロールし、何が起きたのかやっと気づいたらしくバッと起き上がり、窓のところへ行く。すりガラスなので外がよく見えない二重窓にぴったり顔をくっつけ、ちょっと悩んでいた女が、やがて窓をパッと開ける。

女：（外を見て驚き）何これ。本当だったんだ！

女は窓を開けっぱなしのまま寝ている男に近づき、めちゃくちゃに揺すって起こす。

男：う……うう……オハイヨ。

わけもわからず男は日本語で朝のあいさつをする。男は日本人だ。東京で社会福祉士として働いていたが、大地震を経験したあと、人生を変える決心をして韓国に来て4年めになる。いつ死ぬかわからないのだから、ずっと尊敬してきた韓国人の版画家のもとで一生の念願だった版画の修業をすることにしたのだ。そして韓国人の恋人もでき、今は彼女の家で一緒に暮らし、版画を製作し、2人で猫も飼っている。

女：起きて、早く！　緊急事態だよ、緊急！
男：キムキュ？　キムキュって何？
女：きんきゅう！　エマージェンシー！　119！　大変なことが起きたんだよ！
男：あ……ああ、きんきゅー。

女が何度「緊急」と言っても男にはぴんとこないらしい。女は男に携帯メールを見せてやり、声を出して読んでやる。

女：ほら、これ。朝、政府から来た緊急災害メールだよ。「行政安全部。3月5日現在、食人ウイルス注意報発令。ソウル全域での屋外活動自粛と十分な食料確保に努め、症状のある人との接触には厳重注意を願います」。
男：ゆっくり読んで……何のことだか全然わかんない。

女はじれったそうに男の手を引っ張って起こし、窓の方へ連れていく。男は窓の外を見るが、よく見えないのか、棚の上に置いてある眼鏡を取ってかける。

男：えええ？　あれ何です？
女：でしょ？　わけわかんないでしょ！　でも今みんな、あんなふうになっちゃってるらしいよ！
男：ええ？　どうやったら、あんなんなるの？
女：知らないよお、何かのウイルスなんでしょ。ツイッター見たらみんな、絶対外に出るなって言ってる。絶対、絶対、絶対！

男は信じられないという表情で窓の外を見ながら立っていたが、急に窓をぐーっと閉めてしまう。

女：何？　どうしたの！
男：僕を見てました！
女：えー？　目、合ったの？　それで？

男：知らない。でも、あれが、僕のこと見ました。

女はまたちょっとだけ窓を開けて確認しようとするが、男が必死で止める。

男：だめです。やめてよ。怖いよ。
女：ほんのちょっと開けてみるだけだから。あなたはそこに隠れてて。ここ2階だもん、窓から上ってくることもないはずだよ。

女が外側の窓をそーっと押して、指一節ぐらい開けてみる。体を隠してそっとすきまからのぞいてみた女は、ぎょっと驚いて窓からすっ飛んで戻ってくる。

女：まだ見てる！　何でだろ？　どうして見てるんだろ？　どうしよう？
男：ごめんね。
女：何がごめんなの？

男は何も言わず女をぎゅっと抱きしめる。

2　キッチン兼リビング。室内。朝。

男が朝食に作ったパスタを一緒に食べる2人。顔には緊張した様子がありありと表れているが、口にはパスタがどんどん入っていく。男は女より先に食べ終えて立ち上がり、食器を片づけ、キッチンのあちこちを行き来し、冷蔵庫の棚を開けてみる。パスタを口に入れてもぐもぐしていた女が、いぶかしげな表情で聞く。

女：どうしたの？　まだおなかすいてんの？
男：ううん、家に食べもの、どのくらいあるかと思って。
女：あ、もう外に出られないから？　賢いねー。
男：だけどもうあんまりないですよ、食べもの。

男は食卓のすみに、食べられるものをきちんきちんと置いていく。女はまだ食べながら、目だけで食料の在庫を確認する。

男：パスタはいっぱいあるけどパスタソースはあんまりない。シリアルは2袋あります。牛乳と、きのこと、豆もやし、それからほうれん草あります。それとレトルトごはんが6個、ツナ缶3個、豆乳はいっぱいあります。おいしくないから飲まなかったやつ。
女：冷凍庫には何かある？
男：ベーコンと粉チーズあります。あ、それと、あれ、何だっけ？　赤い豆。あんこ作るやつ。
女：あずき？
男：はい、あずきはいっぱいあります。それとカップラーメンが何個か、チャパゲッティ1個と、お菓子あります。

女が食事を終え、食器を洗い桶に入れてから水を入れ、器の汚れをさーっと洗い流す。水道の蛇口とガスレンジを代わる代わる見ていた女が、心配そうに後ろを振り向きながら言う。

女：ガスと水は、ずっと出るのかな？
男：もしも出なくなったら？
女：とにかくまず、水はいっぱい汲んでおかなきゃ。水は命だもんね。あ！　猫のえさはどれくらいあったっけ？
男：開けてないのが2袋あります。
女：それなら1か月半から2か月は食べられるね。それはよかった。
男：じゃあ僕、何しましょうか？
女：まずは、うちにある入れものに水をいっぱい入れておこう。

男が天袋から大きな鍋とキムチのかめを取り出し、女は部屋にあったガラスの花瓶を持ってくる。そして、花瓶に活けてあった葉っぱの大きい植物をすっと抜いてゴミ箱に捨てようとしてから、手に持った植物を見て何か思ったらしく、男に尋ねる。

女：こういうのもそのうち、食べなきゃいけないのかな？

男：うん……すごくおなかすいたらね？

　女はゴミ箱に入れようとしていた植物をビニール袋に入れて冷凍庫にしまう。その様子を見て男がくっくっと笑う。

女：何で笑うの？
男：面白くて。あ、ごめんなさい。今、面白いどころじゃないのに。
女：面白いとも言えるよ。そもそもあらゆるコメディは、悲劇から発生したんだから。
男：ヒゲク？　ヒゲクって何？
女：サッド・ストーリー！　悲しい話だよ！
男：あー、ひげきー。

　リビングには水をいっぱい入れたさまざまな容器がごちゃごちゃと置かれている。男は防災システムの整った国から来た日本人らしく、この部屋、あの部屋と歩き回って必要な品物をチェックする。女はキッチンのテーブルに座って、さっきからずっと携帯を見ている。

女：私たち、水汲んでおいてよかったね。それと、万一のために携帯とノートパソコンはちゃんと充電しておけ、だって。それからシャワーも浴びておけって。急にお湯が出なくなることもあるんだって。

男が部屋から顔をぬっと出す。

男：じゃあ、一緒にシャワーしますか？

男は何か期待しているような表情だ。女はそれを見てくすくす笑う。

3　バスルーム。室内。昼。

ひょっとしたら最後になるかもしれない熱いシャワーを浴びている2人。お湯も熱いが、2人のムードの方が熱い。ふだんは洗わないところまでお互いに泡を立てて洗ってやり、そのついでにあちこちの毛も剃ってやる。

男：腕、上げてみて。ここも剃ってあげますからね。
女：（腕を上げて）ひっ、くすぐったい。

男はくすぐったがって笑う女を抱きしめる。お湯が2人の体を伝って流れ落ち、泡を押し流す。2人はシャワーの下でお互いに触れ合い、キスをする。

4　寝室。室内。昼。

バスルームでの熱いムードをベッドまで持ち込んで愛し合った2人。男はまだ乾いていない髪をタオルで拭いており、女はベッドに半分ぐらい寝てノートパソコンでニュースを見ている。

女：これ、広がるスピードがものすごく早いみたい。見て、もう大田《テジョン》まで降りてったって。車で避難した人たち、道が詰まっちゃって、お互いに噛んだり噛まれたりして、もうめちゃめちゃなんだってよ。

男：みんな、生きたいんだねえ。

女：うわー、この人、弟がスーパーに食べものを買いに行って帰ってこないんだって。みんなどうしてうちらみたいに家でじっとしてないで、外に出るんだろ？

男：だって僕らだって、食べるものなくなったら、どうします？

女：うん……あなたどうする？

男：うちからいちばん近いコンビニに行くよ。走れば2分で行けるでしょ。

女：そこ行ってもし噛まれて、あんなふうになっちゃったら？

男：もし僕が噛まれて帰ってこなかったら、どうします？

女は答えず、またノートパソコンを熱心に見ている。友だちや家族が外に出ていって戻ってこないという書き込みが続く。女はそんな文章を一つ一つ読んでいく。

女：見てたら、噛まれてあんなふうになった人たちが、何とか家まで帰ってくることもあるみたいだよ。慣性の法則みたいなもんかな？

男：カセイ？

女：カセイじゃなくてカンセイ。ばねみたいに、伸びたのがまた元に戻るみたいなこと。

男：ああ、かんせい。

女：もしも二人のうち一人が外に出て、一人が噛まれたら、絶対家に帰ることにしよう。

男：帰って、それで？

女：帰って、もう一人を噛んであげるの。

男：それから？

女：それから、猫も噛んでやる。

男：えええ？

女：だめだよね。そんなことしないで、うちら今、一緒に外に出て噛まれちゃおうか？　猫も抱っこして。

男：え？　今ですか？

女がベッドからバッと起き、髪を乾かしている男の前にあぐらをかいてぺったり座る。

女：考えてみてよ。どうせ、うちにある食料じゃ1週間ももたないよ。そしたらその後どうなる？　冷凍庫にある草まで食べつくしたとしても、結局は外へ出てって食べもの探すか、ゆっくり飢え死にするしかないでしょ。
男：ゆっくり。ゆっくり話してください。よくわからない。
女：ゾンビ映画見てると、主人公が何とか生き残ろうとしてばたばたするじゃん。ああいうのほんとに理解できないんだよね。もしも世界の人口の99パーセントがゾンビになっちゃったんなら、早くゾンビになって、何の心配もなく、うおおーって歩き回ってた方がましじゃない？　ずっと人間でいようとするから辛いんじゃない？
男：ゾンビ？　あの、外にいたの、ゾンビなんですか？
女：ゾンビみたいなもんでしょ、まあ。
男：ゾンビになりたいんですか？　ゾンビになって何するの？
女：じゃ、人間でいて何するの？
男：……。
女：ねえ、うちらさっきセックスしたじゃん。見たらコンドームも2、3個しかなかったよ。でも、こうやってたらまたセックスもしたくなるし、そのうちあたしが妊娠でもしたらどうなる？
男：……したらだめでしょ。こんなときに……。
女：ほんとのとこ、ウイルスのことがなくたって、妊娠したらだめなんだよ。とにかく、妊娠しなかったとしてもずっと生理はあるんだし、そのうちナプキンや生理痛の薬もなくなったら、そのときはどうする？
男：あ、薬がなかったらすごく痛そうだ。
女：私が生理痛重いの知ってるでしょ？　薬飲まなかったら大変なことになるじゃん。もしかしたら、生理痛で死ぬかもよ。そんなことになったら、ああなるよりもっと痛いと思うよ。
男：それなら、まず僕が出てって薬も買って、食べものも買ってくればいいよね？
女：だけど、そしたら帰ってこられない確率が高いじゃない。あなたはけんかもできないし、運動神経もないのに、あんなのが飛びかかってきたらどうやって止めるの？　さっきだって目が合っただけでぶるぶる震えてたのに。
男：それはそう。でも、必要ならできると思うけど？
女：「できると思うけど」じゃなくて、できなくていいよ。うちら、大きな流れに乗ってしまおうよ。もしかしたら、人間がもうこれ以上地球に悪影響を与えないように、地球が逆襲してるのかもしれないよ。そんなときはおとなしく消えてあげるのがいいんだよ。あなた、マンガの『寄生獣』知ってるでしょ？
男：うん。『寄生獣』好きです。
女：あそこでも、主人公が、どこかから来た宇宙人たちと戦いながらずーっと疑ってるじゃん。もしかして彼らの立場から見たら自分たちが悪で、自分たちを倒す使命を帯びてるのかもしれなくて、自分たちの方が無理して戦ってるんじゃないかって。（突然、テレビショッピングのキャストの口調で）さあお客さま！　いずれにしましても私たちは、一度は死ぬわけです。私は今日死にます。お客さまは私がいなくても一人で生きていけますか？　それとも私と一緒に行きますか？　さあ、お選びください！

男：僕は当然、一緒に行きますよ。でも、猫も一緒に行きたいかな？

女：どうして？　猫は置いてく？　えさだけいっぱい置いてやって？

男：猫がどうしたいか、わからないでしょ。

女：1匹で置いていったら、えさを全部食べちゃって……結局死ぬことになるんじゃないかな？

　男は部屋の中を行ったり来たりしている猫をつかまえて胸に抱きしめる。そして、かわいくてたまらないというように猫に顔をこすりつけ、耳を噛み、キスをする。

男：あー、もう、かわいいなあ……。こんなかわいい動物が死ぬなんて、地球もそんなことは望まないですよ。僕らは消えても、動物たちは大丈夫ですよ。そうでしょ？

女：ほんとにそうかな？

男：うん。僕そう思います。

女：そう？　それなら地球を信じてみようか？（急に両手を合わせて叫ぶ）地球！　お願いだから動物たちは守ってやって！　お願いだから！

男：（一緒に手を合わせて）お願いします！

男の懐から抜け出した猫は、2人の間を行ったり来たりしながら足に体をこすりつける。

5　玄関。室内。午後。

身軽な服装で、玄関で靴をはいている女と男。リビングのあちこちに猫のえさと水を入れた器が置いてある。男は靴をはきながら何か思い出したらしく、また靴を脱いでリビングの窓のところへ行って窓を開ける。

女：どうしたの？
男：猫が選べるようにしてやらないと。後で、出ていきたくなるかもしれないでしょ。この窓なら、猫が出たり入ったりはできるけど、人は入れないから安全です。
女：あなたってほんとに、優しくて賢いね。愛してる！

猫が出入りできるくらい窓を開けていた男も、振り向いてにっこり笑う。

男：僕もほんとに愛してる。

2人は最後に一緒に猫を抱きしめる。しばらくそのまま立っていると、2人の懐にはさまれた猫が不自由そうに、あっちこっちへ身をよじって逃げようとする。そんな仕草までが愛らしく、泣きながら笑う2人。もがいていた猫はとうとう彼らの懐から抜け出して、体をぶるるんと震わせてから部屋の方へそろりそろりと歩いていく。男と女は玄関で最後にぎゅっと抱き合い、キスをし、大きく深呼吸してから「いち、にの、さん！」とドアを開ける。

6　リビング。室内。朝。

男と女がいなくなった家で、猫がリビングの窓の前にぽつんと座って外を見おろしている。窓の外の道は、よたよたと歩いてはお互いに噛みついている存在でいっぱいだ。猫は毛もしっぽもぴーんと立てて、窓の前を行ったり来たりしながら、飛び降りるところを見定めている。ずっと家の中でだけ生きてきた猫は、生まれて初めて自分の足で外へ出ていくことにものすごく興奮しているらしい。

ついに防犯窓の間を体でこじ開けて出て、窓枠に立つ猫。最後に大きく伸びをする。

猫：いち、にの、さん！

猫が2階の窓からぱっと飛び降りる。飛びながらも恐怖のせいか、両足の間からおしっこが流れ出ている。

アヒル命名会議

登場人物

神：唯一神。かっとしやすく、偏屈な性格。

サタン：天使。いつも露骨なものの言い方をするので、周囲から嫌われやすい。

イエス：天使。神の長男であることを武器に、適当に生きている。

ガブリエル：天使。リーダーを自任しているが誰も認めてくれない。

ラファエル：天使。目端がきき、裏で手を回すことがうまいが、失礼な言動も多い。

この世ではないどこかと推定される場所に集まった天使たち。サタンが隅の柱にもたれて立ち、何かをこねくり回している。ラファエルはイエスの隣にぴったりくっついて座り、冗談をふっかけてはくすくす笑っている。ガブリエルは分厚いノートを手にしてあちこちめくりながら考えにふけっている。やがて、ペンで何か書いていたガブリエルが急に顔を上げ、何かいじっているサタンに声をかける。

ガブリエル：（サタンの手を指さして）何か新しい創造物、持ってきたんですか？

サタン：あ、いいえ。これは前回創ったのを修正してるんです、まだ新しいのは準備できてなくて。

ガブリエル：前回の創造物？　何でしたっけ？　キリン？

サタン：違います。キリンは前々回ですよ、これは……。

イエス：ペンギン？

サタン：いいえ。（手を広げて、創ったものを見せて）猫です。

ラファエル：（気に入らない様子で割り込みながら）サタンさんはどうしてそんなに一人でいっぱい創るんですかね？

サタン：それが悪いんですか？

ラファエルが小声でぶつぶつ言う。サタンは気にせず、手に持った猫をこねくり回して形作っていく。

ガブリエル：（仕切り直そうとするように）イエスさんは何か創ってきましたか？
イエス：（急に振られてあわてて）あ、今、創ってるのは、水蒸気っていうんですけどね。水の循環のプロセスの一つで……水が蒸発して雲になる途中の段階みたいな感じ……。
ラファエル：もうちょっとはっきり言いなさいよ。もごもご言ってないで。
イエス：そんなこと言っても……。
ガブリエル：（ノートに何か書きながら）で、名前は水蒸気なんですね？
イエス：はい、水蒸気です。
サタン：（関心を見せて）前回創った霧とはまた違うんですね？
イエス：はい、別物で。
ラファエル：（鼻で笑って）水蒸気と霧ってどこが違うんですか？
サタン：私はいいと思いますけどね、イエスさん。

サタンがイエスをほめると、ラファエルは不満そうに真顔で言う。

ラファエル：私らだけで決めることじゃないでしょ。決めるのは主なる神様じゃないですか。
サタン：それはわかってますよ、ラファエルさん。でも、本会議の前にいくつか案を出しておいて、それを提出したらいいじゃないですか。そのために実務会議をしてるわけで。

あっさりと状況を整理するサタン。ラファエルは言葉に詰まり、ふくれっ面をする。

ラファエル：（むっつりした表情で）ま、そうですけどね。

そのときガブリエルが何かを発見したようにすっくと立ち上がり、大声で叫ぶ。

ガブリエル：神様が！　神様がいらっしゃいます！

全員、席からばっと立ち上がる。向こうから神が大きな買いもの袋を下げて歩いてくる。みんなうやうやしく腰をかがめて神にあいさつをする。神は余裕を見せてゆったりと天使の群れに近づいてくる。

ラファエル：（大げさに）神よ、ここにお座りください！
神：（席にどしんと座りながら）おお、お前らも座れ。

みんな神の近くにぞろぞろ集まって座る。神はゆっくり座中を見回す。

神：（イエスに）お、いい服だな？

イエス：（頭をかきながら）ありがとございます、へへへ。
神：みんな何やってたんだ？
サタン：はい、先回の創造会議で決定した事案をチェックしておりました。
神：（バシッと遮って）お前じゃなくて、ガブリエルに聞いてんだ。

神はサタンの話をろくに聞かずにぶった切ってしまう。サタンはきまり悪そうに、手に持っていた猫をまたいじりだし、ガブリエルは逆に意気揚々とノートをめくりながら嬉しそうに説明を始める。

ガブリエル：はい、神よ。サタンさんは前回創った猫の手直しをしているそうです。それと、イエスさんは今、水蒸気というものを創ってるんですが。

神はガブリエルの言葉を聞いているのかいないのか、胸元からタバコの箱を出す。

神：ラファエル、灰皿。（「くれ」という手振りをしながらイエスに）そうか、すい……何だと？
イエス：水蒸気といいまして……水が蒸発して雲になる循環の一形態なんですが。

イエスが水蒸気について説明している間、ラファエルは素早く手を動かして灰皿を完成させる。

ラファエル：（灰皿を差し出しながら）お持ちしました、神よ！
神：サンキュ。そうか、そういうものか？　こんな感じかな。

「こんな感じ」という言葉とは異なり、水蒸気と全然関係ないジェスチャーをしてみせる神。しかし全員、神の手の動きを感嘆したような顔で見守る。

イエス：はい、その通りです。
神：そうか、よし。じゃ、これをちょっと出してみろ。
イエス：はい、お父さん。

神が、持ってきた買いもの袋をイエスに投げてやる。イエスは袋を受け取って、中に入っている生物を出してやる。袋から出てきたのはアヒルだ。

神：ちゃんと立たせてみろ。立ちやすいようにうまく創ったんだからな。
ラファエル：（やたらと感動してみせて）わあ、ほんとに、そうですね！

イエスが買いもの袋から出したアヒルは神の言葉とは裏腹にうまく立たず、盛んによろよろして右へ左へ転ぶ。イエスは神の顔色を見ながら困り顔になっていく。

イエス：（ラファエルに向かってひそひそと）あのー、これ一緒に押さえててください。
ラファエル：あ、ほんとだ、気づかなくてすいませんね。

ラファエルはぶつぶつ言いながらも、神の顔色をうかがいつつ、アヒルが倒れないように、イエスと一緒に足を一本ずつつかむ。

ガブリエル：神よ。では、会議を進めても？
神：何わかりきったこと聞いてんだ、こいつ。
ガブリエル：（神に叱られてきまり悪そうな様子で）それではまず神様に、この創造物について説明していただけると大変ありがたいのですが。
神：説明って何だよ。おい、お前から見て、これ何だと思う？
ガブリエル：まずは、白くて、口が飛び出してますね……。

ガブリエルがすぐに答えられずにいると、神は不満そうにタバコの煙を大きく一度吐き出してラファエルに視線を移す。

神：ラファエルよ、お前はどう思う？
ラファエル：はい、神よ。私は、陸に上がった生物だと思います！

神：(情けなさそうに) おい、足を見てみろ。
ラファエル：はい？
神：足を見ろって。どうだ？

神の言葉にびくっとしてアヒルの足をよく見るラファエル。突然、何か発見したように明るい表情になる。

ラファエル：あ、水かきがありますね！
神：(舌打ちして) そうだよ。一度言っただけじゃわからないのか？
ラファエル：(丁重に頭を下げて) 本当にすみません、神よ。
ガブリエル：では、この創造物は水中生物なんでしょうか？
神：いや、あれだ、行ったり来たりするの、あるだろ。
ガブリエル：行ったり来たり？　何ですかね？

ガブリエルは「行ったり来たり」という言葉を何度もつぶやき、ぴったりの表現を探そうと必死だが、すぐに思いつかない。サタンはそんなガブリエルを見守っていたが、代わりに言ってやる。

サタン：(冷静な言い方で) 水陸両用ですね。
ガブリエル：あ、それだ！　水陸両用！
神：(サタンをじろっと見て) そうだ、それだ。
ラファエル：わあー、今回も本当にすてきなもの創られたんですね。

神：（気分よさそうに）そうか？　まあ、やってみたんだ。

神はラファエルの心にもないお世辞に気をよくしたかのように、両手を後ろに伸ばして地面につき、のんびりと口笛を吹く。サタンはラファエルとイエスが必死で押さえているアヒルを注意深く観察していたが、何か発見したように首をかしげる。

サタン：神よ、この創造物は重心がちょっと不安定なようですが。

口笛を吹きながら空を見ていた神は眉をしかめ、姿勢を直す。

神：（大きなため息をつきながら）おい。
サタン：はい？

神はしばらく黙ってサタンをにらみつける。空気が冷え冷えしてきたのに気づいたガブリエルが話題を変えようとする。

ガブリエル：（顔色を見ながら）では、形態はこれで決定として、次はこの創造物に名前をつけましょうか？

ガブリエルの話題転換を受け入れたらしく、神もサタンをにらむのをやめる。

神：そうだな。お前ら、人間語わかるだろ？

神の言葉に天使たちはお互いにきょろきょろ顔色をうかがう。サタンだけが自信のある表情だ。

神：先回、私が人間語を創ったのを見たのか、見なかったのか、どっちだ！
サタン：（自信たっぷりに）見ました。
ラファエル：（負けじと）私も見ました、神よ！
神：じゃあ今から、人間語で話すぞ。さあ、お前から始め！

神に指名されたガブリエルはまるで自信のなさそうな顔だが、落ち着いて気持ちを整え、口を開く。

ガブリエル：ジャ、コレカラ。

ガブリエルの日本語がけっこう気に入ったのか、神は最初の一言を聞いて表情が明るくなる。

神：いいぞ！　うまい！

神にほめられてはずみがつき、さらに流暢な日本語で話しつづけるガブリエル。

ガブリエル：コレカラ、コノ動物ノ名前ヲ一緒ニ考エテミマショウカ？　サタンサンハ、ドウ思イマスカ。

　ガブリエルからバトンを渡されたサタンが流暢な英語で答える。

サタン：Yeah. I think *duck* would be good for this creature.（はい、私は「アヒル」がいいと思います）

　それを聞いたラファエルが、呆れたようにいきなりロシア語で割り込む。

ラファエル：утка?（アヒル？）
ガブリエル：アヒル？
イエス：アヒル？

　みんなサタンがつけた名前があまり気に入らない様子だ。

ガブリエル：ドウシテソウ思ッタンデスカ。
サタン：I don’t know, it just came up in my head.（よくわかりません、ただ思いついたんで）

　黙って聞いていた神が無愛想なドイツ語でサタンを呼

ぶ。

神：Hey, du da?（おい、おい）
サタン：Yes, my lord?（はい、主よ？）
神：Was glaubst du, wer du bist?（何さまのつもりなんだ？）
サタン：My lord?（主よ？）

サタンは何が間違っているのか全然わからないという表情だ。神は怖い顔と冷たいドイツ語でサタンを非難しつづける。

神：*Duck?* Denkst du, das ist ein Scherz?（アヒルだと？　何の冗談だ？）

神がその名前を気に入っていないことにやっと気づいたサタンは、自分の意見を引っ込めて神に許しを乞うことにする。

サタン：No, father. Forgive me.（いいえ、父なる神よ。許してください）

サタンが苦労しているのを見て面白がっていたラファエルが、ここぞとばかり割り込む。

ラファエル：Бог, как о *damn?*（主よ、〈デム〉はどうでしょう？）

新しい名前を聞いて機嫌を直した神は、ラファエルを見てこわばった表情をやわらげる。

神：Ja. Wie es aussieht, scheinst du die Bedeutung einer Idee zu kennen.（そうか。お前はちょっとはアイディアというものの意味がわかっているようだな）

ガブリエル：ええ、まあ。

神：*Damn* hört sich gut an. Ich mag den Klang. *Damn.*（デムはいいな。いい響きだ。デム）

ガブリエル：*Damn* ハホントニ立派ナ名前ダト思イマス。

神の意見に積極的に賛成し、雰囲気をいい方向に持っていこうとするガブリエル。彼とは違ってイエスは、押さえているアヒルを見ながら、深刻な表情でつぶやく。

イエス：アヒル……まあ、いいんじゃないですかね。

イエスのつぶやきを聞いて、むっとするラファエル。

ラファエル：Что, у вас есть проблемы с этим?（何だよ。何か問題がありますか？）

イエス：いえ、そうじゃなくて……。

アヒルを押さえていたイエスとラファエルがもめてい

ると、神はもういい、もういいと言いたげに手をばたばた振る。

神：じゃあデムにするぞ。それはそうと、声はどうする？鳴き声は。
ガブリエル：デハ今カラ *damn* ノ声ニツイテ。
神：いい。もうやめろ。
ガブリエル：え？

神はもう人間語は聞きたくないというようにガブリエルの言葉を遮る。そして、さっきから一人だけ人間語を使わないイエスの方へ体を寄せる。

神：イエスよ、鳴き声はどうする？

しばらくアヒルを見て考え込んでいたイエスが急に顔を上げて、変な声を出しはじめる。天使たちはイエスの奇声にびっくりするが、神は余裕のある表情でその声を吟味するように鑑賞している。

神：うん、いいよ。それにしよう。

神の顔色を見て、同じく賛成というように一生けんめいうなずくラファエル。ガブリエルも驚きを抑えて気持ちをととのえ、ノートに会議録を記していく。

ガブリエル：（ノートを閉じながら）いいですね、すべてうまくいきました。

会議が終わりに向かい、場がざわざわしてくるが、サタンが用心深く意見を言う。

サタン：あの、鳴き声について意見があるんですが。

立ち上がろうとしていた神が、気の利かないことを言い出したサタンをまた怖い顔でにらむ。

神：お前は。
サタン：は？
神：お前は、何で生きとる？

神の口調が険悪になってくると、ガブリエルはまたノートを広げ、自然に会議を続ける。

ガブリエル：神よ、とにかく聞いてみてはどうでしょう？

サタンが何と言うか聞いてみようと、みんな黙って彼に注目する。注目が集まるとサタンはのどをフン、フンと整えて立ち上がり、鳴き声を真似する。

サタン：クェックェックェックェッ。

サタンの声を聞いた神と天使たちは何の反応もしない。気まずい沈黙を破ってついに神がため息をつきながら言う。

神：もう一ぺん聞こう。お前、何で生きとる？
サタン：は？　何のことでしょうか？
神：そんなことで次の天地創造までやっていけると思うのか？　まったくもう、殺しちまうぞとも言えんしな。

「殺す」という言葉にビクッとするイエス。

イエス：（用心深く）お父さん、私が殺しましょうか？
神：（かっとして）おい！　こいつも神なんだぞ。どうやって殺すんだ？
イエス：あ、そうだった。

「神は死なない」という大前提を忘れて軽々しく言い出したのがきまり悪く、頭をかくイエス。神はとても不愉快そうで、サタンは立ち上がったもののどっちつかずの姿勢。

神：あー、しょうもない。おいガブリエル、あっち行って聖水持ってこい。

神がそう言うや否や、翼をはためかせて飛び立つガブリエル。

神：（ラファエルを見て）お前はそのー、ちょっと食べるものを出せ。
ラファエル：何がよろしいですか？　果物のことでしょうか？
神：何でもいい、すぐにな！

さっき灰皿を創ったときのようにうつむいて気を集中させ、手を動かしはじめるラファエル。

神：ああ、じれったい。本当に茨の道だな。

神はじれったそうに立ち上がり、タバコをくわえてあたりをうろうろしはじめる。ラファエルができたての果物を持って神の後を追う。

やがて2人だけ残ったサタンとイエス。イエスがつかまえていたアヒルを放して立ち上がり、サタンのそばへゆっくりと近づく。イエスの手から逃れたアヒルはよろよろと歩きはじめる。

イエス：あの……。
サタン：はい？

イエス：殺してあげましょうか？
サタン：何のこと？
イエス：父ですよ。私が殺してあげましょうか？
サタン：え？　どうしてです？
イエス：ひどすぎるじゃないですか？
サタン：私に対して？
イエス：はい。
サタン：いや、ありがたい話ではありますが。
イエス：父なしでも創造はできますよね。どうせ今だって、ほとんどは私がやってるじゃないですか。
サタン：それはそうですけど。神様はときどきいらっしゃっては、あんな、突拍子もないものを……。

よろよろと歩くアヒルの後ろ姿を見て、疲れたように地面にぺったり座り込むサタン。イエスもその隣にさっと座る。

イエス：殺しちゃいましょうか？
サタン：（頭を振って）いや、死なないでしょ。唯一神だし。
イエス：でも、ちょっとやってみましょうよ。
サタン：どうやって……。
イエス：（目を輝かせて）どうすれば亡くなりますかね？

じっと考えにふけるサタンとイエス。

サタン：神様はすぐ怒るから、もっともっと怒らせて……理性を失わせて……。

イエス：それから？

サタン：ものすごく怒って、自分で創造なさったものを破壊するようにしむけるんです。

イエス：そうか！　こんなのはどうでしょう？

サタン：どんなの？

イエス：父をものすごく怒らせて、神を殺すこともできるようなものを創造してもらうんです。

サタン：おお。

イエスの奇抜なアイディアに大いに感嘆するサタン。やっぱり長男はどことなく違うみたいだ。サタンの反応が嬉しいのか、力一杯うなずくイエス。

サタン：でも、そんなことやったら、私とかイエスさんが死ぬこともあるでしょ。

イエス：私はもう、死んでもいいんですよ。

サタン：え、そうなんですか？　私は嫌だな。

いつの間にかサタンとイエスの後ろに近づいている神。こっそり会話を盗み聞きし、ひそひそ話をしていた2人の肩をぐゎしっとつかむ。突然の神の出現にびっくり仰天し、ばね仕掛けのように飛び上がるサタンとイエス。

神：おい、私だよ。

サタン：うわっ、主よ！

イエス：あ、お父さん！

神：私がだなあ、地獄ってもんを思いついたんだけどな。

イエス：はい？　地獄ですか？

神：（にやにや笑いながら）どういうもんかわかるか？

イエス：いいえ。

神：（サタンに）お前は知ってるだろ、地獄。

サタン：いいえ、神様。よくわかりません。

神：（優しくサタンの頭を撫でながら）どうしてわからんのだ？お前がさっきこそこそ話してたじゃないか、それだよ。

イエス：え？

サタン：それって……。

お手上げのサタンとイエスを見ながらにやりと笑う神。

神：おい、私を誰だと思っとる？

イエス：お父さんです。

神：だよな！

神はイエスの答えを聞くと、ズボンについた土をぱんぱんと払って立ち上がり、むこうへ歩いていく。サタンとイエスは神が去った後も固まったように動けない。そしてイエスが大きなため息をつきながら、先に口を開く。

イエス：こうなるとサタンさんは本当に死ぬかもしれませんね。

サタン：え？　私が？　私だけ？

イエス：私は一人息子だから、生き残るんじゃないですかね？

サタン：私、死んだら困るんだけど……。私はこれからやるべきことが本当にいっぱい、あるんですよ。

イエス：じゃあどうしますかね……。やっぱり私たちが死ぬ前に父を殺すべきでしょうかね。

サタン：そうですね。

　思いにふけるイエス。サタンも何かをじっくり考えている。彼らの背後をアヒルが、いや、デムが、よろよろと、少しずつ遠ざかっていく。

手違いゾンビ

「すみません！　来る途中、電車で人身事故があって……。僕、どこ行ったらいいですか？」
撮影準備に忙しいスタッフたちは息を切らせて駆けずり回り、誰も聞いていない言い訳をしながら立っているヨンフンに誰一人として注目しなかった。ヨンフンはあたりをキョロキョロ見回し、知り合いを一人でも探そうと必死になっていた。
「エキストラの皆さん、こちらに一列に並んでください！」
演出部のスタッフがメガホンを持って叫ぶと、一群の人々が声のする方へもたもたと寄っていった。裸足で片足を引きずっていたり、服がぼろぼろだったり、頭が破裂して脳髄が流れ出し、目玉が飛び出してぶらぶらしていたり、歩くたびにおなかからこぼれた内臓がゆらゆら揺れたりする。ゾンビ映画のエキストラたちだ。ヨンフンはあたりの様子をうかがいながら、人々があふれ出てくるテントへ駆け込んだ。
「あのー、今日ゾンビ役で出るチェ・ヨンフンというんですが」
「え？　何ですか？」
「ゾンビです、ゾンビのエキストラで……」
「ゾンビの群衆シーンはもう撮影に入るところですけど？」
ヨンフンは焦って周囲を見回した。特殊メイク室に使っている簡易テントの中はもう、着付けとメイクの嵐がひとしきり吹き荒れて去った後だった。あちこちに置かれた部分かつら、血糊がべっとりこびりついた衣装、床に落ちた内臓の模型を一個一個片づけている衣装スタッフたちを見て、ヨンフンは気がせいてきた。

「僕、ゾンビのエキストラなんです。来る途中、電車で人身事故があって遅れたんです。もう撮影始まるみたいですけど、ちょっと衣装とメイクを……」

　ヨンフンは床を掃いていたスタッフをつかまえて事情を説明してみた。イヤホンをして掃除をしていたスタッフは腰を伸ばすと無愛想に言った。

「あのね、メイクするならもうちょっと早く来てくれないと。私たち、夜中に出てきて一度も休まずに6時間で50人分の対応したんですよ？」

「遅刻したくてしたわけじゃないんです、電車で事故が……」

「おい、どうしたんだそこ！　さっさと片づけろ！」

　そのとき図体の大きな制作スタッフが怒鳴りながら近づいてきた。スタッフはあわてて床を掃きながらすーっとその場を離れた。ヨンフンはうろたえた顔で、ぼんやりと突っ立っていた。

「おい！　お前、何でそこに突っ立ってんだ！」

「エキストラなんですけど」

「何だって？　エキストラがこんなところにいて、どうすんの？」

　目障りだというようにヨンフンを上から下までなめるよう

に見ていた制作スタッフが、にやっと笑って言った。
「遅刻したくせに、メイクしてくれってごねてんのか？」
「いえ、僕……すみません」
制作スタッフのポケットの中で無線機がジー、ジーと鳴った。イヤホンで無線を確認して外へ出ようとしていた制作スタッフは振り向くと、床に落ちている服を足でぽんと蹴りながら言った。
「やりたかったらこれ着て、5分以内に駆けつけろ」
「はい、はい、ありがとうございます！　すぐ行きます！　あ、それでメイクは……」
「メイクだとこの野郎！　何でも自分でさっさとやれよ！　軍隊でそう習わなかったか？」
制作スタッフがわーっと怒鳴ってテントを出ていった後、ヨンフンはすみっこで大あわてで着替えた。更衣室に入っている暇もないので、自分が着てきた服とかばんを放り出し、下着も丸見えのままで着替えているヨンフンを、掃除中のスタッフがちらちら見ている。ヨンフンはずたずたに破いたとおぼしきズボンを引っ張り上げながら、まだメイク用品が散らかっているテーブルに近寄っていった。そしてあれこれ確かめる暇もなく、最初に目に留まったものを取り上げて顔に塗りはじめた。ヨンフンの顔はたちまち真っ青なアイシャドーでおおわれた。自分が見ても鏡の中の自分は不恰好に見えたのか、ヨンフンの手は止まりがちである。
「エキストラの皆さん、撮影現場に移動します！」
外からメガホンの声が聞こえてきたので、ヨンフンは塗るのをやめてそのまま外へ飛び出した。
「ちょっと！　何でそれ持っていくの！」
後を追って出てきた衣装スタッフがヨンフンの持っている青いシャドーを奪い取り、怖い顔でにらむとテントの中へ戻っていった。ヨンフンはすみませんとも言えずにぽかんとして立っていたが、メガホンの声がする方へ走り出した。並んで大きなバスに乗り込んでいくエキストラたちの群れが目に入ってくると、さらにスピードを上げた。
「遅れてすみません！」
「早く乗ってください……え、ちょっと、何それ！」
ヨンフンが息を切らしながらバスに乗ると、スタッフがこらえきれずに吹き出した。
「あー、笑える。どうしたんです、その顔？」
「え？　すみません、僕、遅刻しまして」
「いいから早く乗ってよ」
ヨンフンは無事にエキストラ専用バスに乗り込んだ。バスの中はゾンビに扮した出演者たちでいっぱいで、胃の弱い人なら見ただけで気持ちが悪くなるような光景が広がっていた。特殊接着剤と血糊のせいで、ひどい悪臭まで漂っている。それでもヨンフンは、内臓が飛び出したり、脳髄がぐちゃぐちゃになって流れ出したりしている他の出演者がいちいち羨ましかった。ヨンフンが羨ましそうにみんなを見ながら空席を探してキョロキョロしていると、誰かが彼の名前を呼んだ。
「おい、ヨンフン。何でこんなに遅れたんだ」
ヨンフンは声のする方へ振り向いたが、奇怪な扮装のせいで自分を呼んでいる人が誰だかすぐには見分けがつかない。
「どなたですか？　すみません、扮装でよくわからなくて」
「俺だよ、ジンギだよ」
「ジンギ先輩？」
ヨンフンは同じ事務所に所属しているジンギに会えて安心し、彼の隣の席に座った。エキストラは1日に10人、20人と団体で現場に出るため、同じ事務所の者どうしが顔を合わせることは頻繁にある。話し下手で、待ち時間にも一人で携帯を見ながら弁当を食べているヨンフンと違い、ジンギは積極的に俳優やスタッフに近づき、どこにいてもムードメーカーを自任していた。史劇の撮影現場で一緒にエキストラを務めた日、ジンギがとても親しげに声をかけてきて、ヨンフンもすぐに彼を先輩と呼んで親しくつきあうようになった。ジンギは「次のステップに行かなくては」というのが口癖で、常に俳優としての抱負を語っており、何て明確な目標を持った人なんだろうとヨンフンはときどき驚異を感じるほどだった。
ジンギの特殊メイクは、誰だかわからないくらいに派手だった。目に入れた白いコンタクトレンズ、上唇を持ち上げてむき出しにした歯茎、もともと薄い髪がところどころ雑草がからまったようになって、誰かにむしり取られたみたいに見えるヘアスタイル……ヨンフンから見たら、それこそ完璧と言いたいほどのゾンビスタイルだった。
「お前、何でそんな恰好してんの？」
「電車の事故で遅れてですね。これ、自分でやったんです」

「自分でやっただあ？　コメディにでも出るのか？　いったい、何塗ったんだよ」
「青い粉みたいなのなんですけど、目についたのがそれしかなかったんですよ。ひどいですかね？」
　バスはしばらくガタゴトと山奥にある撮影現場へ向かって休まず走っていった。道路が舗装されていないので、木の根っこを踏むたびに車体が揺れ、エキストラの小腸も大腸も腎臓もガタガタと飛び上がる。その間もヨンフンの顔をよくよく見ていたジンギが笑い出した。一度吹き出した笑いは止まらなくなり、ジンギはため息をつきながらやっと笑いやんだ。そしてまだらに塗られた片腕をすっと差し出した。
「ここに塗ってあるのちょっと取って、こすりつけておけよ。お前、そのまま出たら編集で全部切られちまうぞ、すぐにはさみでチョキチョキだ」
「ありがとうございます、先輩」
　ヨンフンは感激した表情でひたすらペコペコ頭を下げ、ジンギの腕に点々とついた黒い色を手にとって、自分の顔にすっすっと塗っていった。こってりした濃い質感が、靴墨のようだった。
「目の下にも。そうそう、そこを重点的に塗ってみな」
「はい。それにしても車がずいぶん揺れますね、へへへ」
　ヨンフンの手つきは速まり、顔のあちこちに黒い模様が広がった。バスが揺れるたび、指先が思わぬ方へすべってしまい、メイクはだんだんめちゃくちゃになっていく。一方、火に焼け焦げたように黒ずんでいた左腕からだんだん肌色が見えてくると、ジンギの顔が不快そうにこわばった。

「おい、そのぐらいにしとけ。俺のが消えちゃ困るじゃないか」

「すみません、先輩。ほんとにありがとうございます」

黒っぽい色を重ねると、ヨンフンの顔にはさらに得体の知れない雰囲気がみなぎってきた。まるで殴られたスマーフ〔ベルギー生まれのアニメキャラクターで、真っ青な顔をしている〕みたいで、哀れっぽい感じもする。ジンギは舌打ちをして、ヨンフンを見つめた。

「俺の内臓出してやるから、持ってくか？」

「ほんとですか？　先輩、ほんとにいいんですか？」

「いいよ。それじゃかわいそうだからな。誰もお前見て、怖いとか逃げ出したいとか思わないもん」

「ですよね。でも、芝居でうまくカバーすれば……」

「芝居で？　おーやおや、名優気取りかよ」

ヨンフンはさっきより緊張が解けたのか、いつものように照れ笑いをしている。その横でジンギは、おなかにくっつけていた内臓をそっと引っぱってみた。

「これ、うまくはずせないな。下手に取ると俺の皮膚まではがれそうだ。どうしよう？」

「先輩、僕これでいいですよ、ほんとに要りませんから。それ先輩の内臓ですもん。煤を分けてもらっただけで十分です。ここからは自分でちゃんとやりますから」

「そうか？　じゃあ、残りは芝居でうまくカバーしろよ！」

ジンギはヨンフンの背中をパーンとたたいて励ました。ちょうど撮影現場に到着したのか、バスが止まるとみんな体が前に傾き、ジンギをはじめエキストラたちはあわてて内臓を握りしめた。
「エキストラの皆さん、すぐに教会の前に集合してください！」
運転席の横や通路に中途半端に座っていた何人かが、折りたたみ式の椅子を持って先にバスから降りた。それまでに血糊が乾いたためにごわごわになった衣装を着た彼らは、よたよたと教会の前に移動した。
その日の撮影シーンは、ゾンビの攻撃を避けて無人の教会に隠れていた主人公の一行が、外が静かになったすきを狙って裏門から出ていき、ゾンビの群れに出くわすというシーンだった。50人ほどのエキストラが動員されて制作費を相当に引き上げているだけでなく、映画の緊張感とスピード感を最大に盛り上げる最重要シーンだという説明が続いた。予告編や映画紹介番組に取り上げられる確率が高いのだ。エキストラたちは、現場のムードに歩調を合わせてきびきびと動いていた。特殊メイクがうまくいった人たちが一番前に出て、残りは頭数をそろえるために後ろに控えている。前にいる人たちは特別に、ゾンビアクションの専門家から簡単なコーチを受けているようだった。ヨンフンはいちばん後ろの位置にいたので前の状況がよく見えない。忙しく稼働する現場で、ヨンフンの様子に目を留める人はいなかった。撮影スタッフはリハーサルを終えるや否やあわただしく本撮影の準備に入った。
「ゾンビ群衆シーン、撮影入ります！　皆さん静かにしてください！」

演出部のスタッフがメガホンを持って大声で叫ぶと、エキストラの間に緊張が走った。ヨンフンは思わずため息をついた。無事に撮影に入れただけでも、その日の仕事を終えたような安堵感がある。ここからは誰の目にも留まらなくとも与えられた役割をこなし、ゾンビの演技を忠実にやりとげようと、彼は固く決心していた。

「サウンドー」

「スピード！」

「A カメラー」

「ローリング！」

「B カメラー」

「ロールです！」

音響監督と撮影監督のコールが終わると、カチンコを持った演出部の若者が大声で叫んだ。

「37－1A の 1！」

「ゾンビたち、思いっきり動いて！　期待してるよ！　アクション！」

監督が言い終わるや否や、エキストラたちはそれぞれ奇声を発しながら動き出した。後ろのすみっこでできるだけ目立たないようにしていたヨンフンも、思いきり首を曲げて歯をガチガチいわせ、一歩ずつ前へ踏み出した。前列のゾンビたちは主人公の一行と激闘をくり広げて、首を吹っ飛ばされてからでないと退場できないので、その場に立ったままもたもたしている。それでも後列からゾンビたちが押し寄せてくるのでボトルネック現象が起き、前列のゾンビたちは人波に押されてフェンスの間にはさまってしまった。その状態で押さえつけられたため、リアルに苦しそうな表情が画面に収まる。幸い、そのころ主人公一行が下がっていったので、息のできる空間が生じた。

バーン！　バーン！

男性主人公がズボンの後ろから取り出した銃を連発すると、前方のゾンビたちがもがきながらバタバタと倒れていく。他のゾンビたちは銃声に刺激されたようにさらに前へと押し寄せ、主人公の方へ腕を伸ばして奇声を上げた。

「顔、もっと歪めて！　手はもっと上へ！」

モニターを見つめていた監督が叫んだ。ゾンビたちはカメラが近づいてくるのを感じ、互いに押しつ押されつ苦しみながらも熱演をくり広げた。ヨンフンもいつのまにか前の方へ押し出されて、カメラの方へ手を伸ばして奥歯が見えるほど大きく口を開け、力いっぱい奇声を上げた。

「カット！　いいぞ！」

監督の満足そうなサインに、エキストラたちはすぐに動きを止めた。銃に撃たれて倒れていたゾンビたちも、衣装をパンパンたたきながら立ち上がる。ひどくもみくちゃにされたおかげでぶらぶらしていた目玉や内臓が落ち、地面に転がっていた。

「こちらのゾンビのメイク、ちょっと面倒みてあげてください！」

やっとワンテイク終わっただけなのに、エキストラたちは極度の疲れを感じていた。朝っぱらから現場に出て特殊メイクを施され、前の撮影が遅れたので何時間も待機し、メイクが取れてしまうかもしれないのでろくに水も飲めず、何も食べられない。次のカットの待機で地面に座り込んだエキストラたちは、お互いひそひそと会話していた。
「いったい、ごはんはいつ食べるの？」
「ごはんなんかくれないよ。さっき、メイクが落ちるから水も飲むなって言われたでしょ」
「ずっと声出さなきゃいけないのに、腹が減ってちゃ声が出ないよね」
「出してるふりすればいいよ。声はどうせ後で入れるんだから」
「そうだね。あれ、ところであの人、あの顔、何であんなことになってんの？」
「え？　僕のことですか？」
ヨンフンは急にみんなの視線が集中したのでぎくっと驚き、立ち上がった。
「今日、来る途中で事故があって遅刻して……メイクしてもらえなくて、自分でやったんです」
「そうやってたら一カットでも映るの？　必死だなあ」
後ろ頭に大きな穴をあけたエキストラが、ケラケラ笑いながら言った。
「そばにいないで、あっち行って立っててよ。下手にそばにいられると、こっちまで切られちゃう」
「すみません」

ヨンフンはペコッと頭を下げてみせ、後ろへ行った。そして地面に座り込み、ペッペッと手に唾を吐くと手のひらに土をつけて、顔、首、髪の毛にすっすっと塗っていった。いつのまにメイク直しが終わったのか、カメラが準備を始めた。

「ゾンビたち、立ってください。もう一回行きますよ！」

おなかをすかせたゾンビたちが、うーんと言いながらその場に立ち上がる。ヨンフンも適当に土をこすりつけるとぱっと立ち上がった。どんな顔になっているのか確認する暇もなかった。監督のサインとともに、誰かのおなかからぐうーっという大きな力強い音が鳴り響いた。

「アクション！」

*

「ねえ、ちょっと。止めてみて、止めてみて」

「何で？」

「さっき何か変なのが……ちょっと」

ベッドの上で、一組のスプーンとお箸のように男の子と重なって寝ていた女の子が、ガバッと体を起こした。女の子はノートパソコンで再生していた映画を止め、10秒前に戻した。

「どうしたんだよ、面白いとこなのに」

「ねえねえねえ、これ、見てみなって」

「何だよ？」

「ほら、ここ！」

しばらく後、2人はベッドの上にバタンと倒れてケラケラ笑いはじめた。その反動でベッドのすみに置いてあったお菓子の袋から粉が四方に舞い散った。

「マジ笑う。何だ、これ？」

「この人、イースターエッグか何かなのかな？」

「とりあえずキャプチャ撮っとこう」

　モニターからカシャッというシャッター音が響き、一時停止した映画の場面が画像として保存された。2人がケラケラ笑いながら見ている画面の片すみには、青い顔がばっちり映っていた。真っ青な顔にゾンビらしくない真っ白できれいな歯をむき出しにして、短い両腕を上下にゆらゆらさせているヨンフンの姿だった。

「この人だけ何でこんななん？　これ、事故じゃないの？」

「だよね。でもここまでのレベルだってことは、意図的なんじゃないかな。作ってる側が知らないわけないし」

「知らないわけないよな。僕らが気づくぐらいだから、絶対知ってるだろ」

「でも、何でこんな人使ったんだろ？　これ恐怖映画でしょ」

「わかるわけないじゃん。監督の意図じゃなかったらもう、ただのダメダメだよね。それはそうとこれ、いつ公開されたの？」

「昨日だと思うよ」

「えー、封切り翌日にもう海賊版が出てるなんて」

「あんたがダウンロードしたくせに」

「お前が見ようって言ったから」

「とにかくさあ、これ、どうする？　ちょっとすごいもん拾っちゃったみたいだけど」

「みんなに見せてやろうよ。僕らもどっかからもらってきたみたいにして。これは人間として共有すべきだよ」

「あんた、天才だね？」

2人は同時に起き上がって、デスクの前に並んで座った。男の子が画像編集ソフトを起動させ、同時にインターネットのウィンドウを開いた。そして、会員数が何十万人にも上るコミュニティサイトのお笑い掲示板に入った。

「うますぎるとだめなんだ。ざっくり作って、適当にアップしたみたいにするんだよ。わかる？」

「あんたってそういう方面にだけは、ほんとによく頭が回るんだね？」

男の子はある投稿のスタイルをそのまま真似てレイアウトを作った。そして、さっき保存した映画の場面を呼び出して真ん中に入れ、タイトルを書き込んだ。

今上映中のゾンビ映画にイースターエッグ発見。

完成したページを画像として保存すると、完璧に、掲示板にアップされた投稿をキャプチャしたように見える画像が完成した。

「これをシェアすれば、僕らもどこかから持ってきたみたいに見えるだろ」

「こういうの、額縁構造〔物語の中に別の物語が入れ子状になっている構造〕っていうの？」

2人はくすくす笑いながら保存した画像を携帯にダウンロードした。そして、それぞれが所属している団体チャットルームにその画像をアップした。何十人も所属している団体チャットルームの特性上、どうせ誰がアップしたのかもよくわからなくなるに決まっている。すぐにチャットウィンドウには笑いのマークが乱舞しはじめた。

「あんた、これどこにアップした？」

「僕？　同期のグループ。40人ぐらいいるよ」

「私はうちのマラソン同好会の」

「何人いるの？」

「60人ちょっとかな」

「わ、すげ」

「それじゃもう100人は超えてるね」

「これ、フェイスブックに上がったらすごいことになるよ。誰か代わりにアップしてくれたらいいのに」

やがて2人は並んでベッドに横たわり、天井を眺めながら第一発見者の満足感を満喫した。そんな中でも目が合うとこらえきれず、くすくす笑いが勝手に出てくるのだった。

*

ヨンフンはコンピュータの前に座り、ずっとプロフィールを修整していた。まず、最近公開されたゾンビ映画を経歴に追加した。そのときヨンフンの携帯が鳴り、画面に「ジンギ」という名前が現れた。ヨンフンはすぐに電話に出た。

「おい！　手違いゾンビ！」

「は？　それ何です？」

「お前ネットもやってないのか？　今、大変なことになってるぞ。手違いゾンビだって」

「手違いゾンビ？　それ何だろ？」

「一度、電話切れよ。俺がカカオトークに送ってやるから。めっちゃ笑うで。こんなことになるなんて誰が思ったか」

「何だかわかりませんけど、いいことなんですかね？」

「いいよ、大当たりだよ。俺らの人生でこんなに注目を浴びるなんてありえないよ。とにかく、切りな、送ってやるから」

「はい、ありがとうございます」

ヨンフンはめんくらったまま電話を切り、メッセージを待った。アラームが鳴るとすぐに携帯を確認した。ヨンフンは、ジンギが送ってくれた何枚かの画像を順番に開いて見ていき、びっくりしてしまった。ある投稿をキャプチャしたものと見える画像には、ゾンビの扮装をしたヨンフンが大きく拡大されていた。その下のコメントには「過去最高のダメゾンビメイク」「スマーフゾンビ」「手違いゾンビ」などと、ありとあらゆるニックネームが面白おかしく書き立てられている。ヨンフンはこわばった表情で携帯を置き、ポータルサイトの検索窓に映画のタイトルを打ち込んでみた。関連検索語として「手違いゾンビ」が真っ先に上がってくる。最初の検索結果をクリックしてみると、すぐにキャプチャされた投稿が出てきた。さっき見た画像の下に、それまでのコメントが何ページにもわたって連なっている。ヨンフンは首をかしげて映画の公開日を確認した。おとといで間違いない。いったい、映画館で今上映中の映画がどうして動画ファイルになって流出したのかわからないが、とにかく間違いなく自分だった。ゾンビの群衆シーンで、ヨンフンがかろうじて端っこに見えている何秒かの場面が連続でキャプチャされて、お笑い写真として出回っているのだった。

ヨンフンはしばらくその画像を見つめた。顔を精一杯ゆがめ、片方の肩をがっくり落として、怒ったように咆哮しているその顔はとてもまじめだった。演技を云々するのは気がひけるレベルだが、あの瞬間だけは自分の役割に忠実だったと自分でも誇りを持って言える。ただ、まわりにいる他のゾンビたちを見ていくと顔がかっかしてきた。上手に特殊メイクされたゾンビたちの間に真っ青な顔を突き出して恥ずかしげもなくゾンビの演技をしているヨンフンの姿は、立体映像のように浮き出て見えた。画面の端っこぎりぎりに一瞬出てきたヨンフンの顔だけが切り取られて拡大された動画ファイルも出回っていた。書き込みのタイトルは「手違いゾンビ熱演映像」だったが、何分かの間に閲覧数が1万を超えている。いつのまにかヨンフンのニックネームは「手違いゾンビ」に決定されたらしい。ヨンフンはプロフィール修整作業のウィンドウを閉じ、お笑い掲示板のコメントを読んでいった。笑いのマークばかりのコメントの中で、「いいね！」がたくさんついたコメントが目に留まった。

知り合いの先輩がこの映画にゾンビのエキストラで出たっていうから聞いてみたら、手違いゾンビと一緒にいっぱい仕事したことあるって、インスタのアカウント教えてくれた。

驚いたことに、コメントの終わりのところにヨンフンのインスタグラムのIDが書き込まれている。ヨンフンはあわてて携帯を探して手に取った。インスタを開く彼の手はぶるぶる震えていた。いつも２ケタだったフォロワーが千単位で増えている。何か月か前に撮影現場で撮った足の写真には、コメントが何百もついていた。地面の上の古いスニーカーを撮った写真だ。撮影現場は絶対に明かしてはいけないので、ヨンフンは毎回、現場に踏み入れた自分の足の写真を撮ってはアップしていたのだ。その写真の下に「聖地巡礼に来ました」「ここがあの有名な手違いゾンビのアカウントですか」「本人ならどうぞ一言言ってください」「メイクはどこで習ったんですか」など、人々の興味があふれ返っていた。メッセージフォルダももう大変なことになっている。どうやって知ったのか、新聞、雑誌の記者たちまで必死でヨンフンを探していた。

　そのときプルルルと携帯が鳴った。ヨンフンが何年か前から所属しているエキストラ派遣会社の室長だった。

「おい！　この大騒ぎ、見たか、見てないのか！」

「はい、室長。さっきジンギ先輩から連絡が来て、見てたところです」

「お前、あの日あそこにいたっけ？　日誌に名前がないんだけど」

「あの日、僕、遅れて到着したんですよ。室長はもう先に出てらしたみたいです」

「今、制作会社から電話が来て大騒ぎになってんだ。どうする？」

「え？　僕が何をどう……」

「まずは会社に来い。あの日の日当ももらってないだろ」
「あれは僕が遅れたんで、いいですよ」
「いいから、とにかく早く来い」
「はい、わかりました」
　ヨンフンは電話を切って、深くため息をついた。そして帽子をかぶると部屋を出た。

＊

「お前、芸能人かよ？　何でそんなに帽子、深くかぶってんだ」
「髪、洗ってなくて……」
　事務所に到着したヨンフンは気まずそうな様子で帽子を脱ぎ、ソファに座った。40代後半の室長は、連続ドラマに脇役で出たことがあるという人だった。彼はことあるごとに「俺も俳優出身だから言うんだが」云々と言うくせに、日当の支給を遅らせることもたびたびだったが、ヨンフンはいつも彼に礼儀正しく接していた。向かいに座った室長がテーブルの上に封筒を載せた。
「何でしょう？」
「これな、あれの出演料。お前がマスコミに出て、出演料ももらわずにあれに出たなんて言ったらうちの会社がどうなると思う」
「いえ、僕はいいんです……」
「つまらんこと言ってないで受け取れ、この野郎。仕事したらしたって言えよ。お前みたいな連中のために、うちみたいな良心的な会社まで、金も払わずに人を使ってるって非難されるじゃないか」
「すみません」
「もういいよ。で、どうする？」
「何を……」
「さっき制作会社から電話が来たんだよ。あっちじゃ、こうなってかえってうまくいったって言ってる」
「うまくいった？　何がです？」
「この映画、まるで見込みがなかっただろ。マスコミ試写会のときから最悪で、悪い噂が出回る前にすぐIP放送に回しちゃおうってタイミングだったのに、お前のおかげで起死回生になったんだから。今、それなら最初からB級コンセプトで押してみようとか、カルト映画としてSNSマーケティングをやってみようとか、大騒ぎだぞ。それでまずはお前に会わせてくれっていうんだよ」
「え？　どうして僕に？」
「もう大っぴらにやっちまえってことだろ。お前の話をネタにしてバラエティに出して、うまくやろうってんだ」
「僕、何も話せることがないんですけど……」
「そんなのは適当に作ってくれるさ。あっちはその方面の専門なんだから。だろ？」
　ヨンフンが黙ってうつむいていると、室長はもどかしそうに舌打ちをした。
「こいつ、今、ものすごい運が回ってきてるのも知らないで……。こんなチャンスが毎日あると思ってんのか。しっかり、やれよな。とにかく、これだけはわきまえておけ。お前はうちの会社の所属で、これからも、どの局に出ても出演料は折半、手数料は今まで通り。わかったな？」

「はい、それはわかってます」

「わかったらもう行け。明日ミーティングやるから、朝一で出てこいよ」

「どこにですか？」

「どこって何だよ、テレビ局だよ」

ヨンフンはぐずぐずと席から立ち、丁寧に腰をかがめて挨拶した。そして、また帽子をぐっと深くかぶって事務所を出ていった。室長は疲れたように、座ったまま手だけ振り、ヨンフンが出ていくや否やソファに長々と横になった。

「あいつ、天然ボケかましやがって。まぐれで大当たりを当てたもんだな。とかくこの業界はわからんもんだ」

*

「ずいぶん緊張してらっしゃるようですけど、そんな必要ないですよ。私たち、悪者じゃないですからねー」

「すみません、僕、テレビは初めてだもんで……」

「お芝居をされてるときとはかなり違いますね」

「あれは芝居ですから」

「今のこれも芝居でしょ。私たちもみんな、仲よさそうな芝居をしてるんです」

収録が進んでいるスタジオで、4人の男性MCが、ガチガチにこわばっているヨンフンに熱心に声をかけ、緊張を和らげようと努めていた。ヨンフンはゾンビ映画に主演していた男女の俳優と並んで座っていた。撮影現場ではちょっと離れたところから見ていた俳優のチョイがすぐ隣にいるので、ヨンフンはすっかり身をすくめて前だけを見ていた。

「ヨンフンさん、今、チョイさんがいるからなおさら緊張してるんでしょ？」

「撮影現場でよくお会いになってたでしょうに、どうして？」

「遠くからお目にかかったことはありますけど、こんなに近くでは初めてです」

「チョイさんすごくきれいでしょ？　そっち向いてちゃんと見てごらんなさい」

「そうよ、ちょっと私のこと見てください、ヨンフンさん」

　チョイが声をかけると、ヨンフンはびくっとして緊張した表情を隠せなかった。

「見てくれないんですねえ。じゃあ、私が一度見てみようかな？」

　チョイが、頭をすっかり引っ込めたヨンフンの前に顔を突き出すと、ヨンフンはぎくっとして体を後ろへ引っ込め、ソファに寝てしまいそうになった。

「わあ、これじゃ放送事故になっちゃいますね？」

「ヨンフンさんは放送事故専門の役者さんだからね。私たちも予想はしてますよ」

「す、すみません」

「すまないことないですよ、ヨンフンさん。とにかく、撮影当日にどうしてあんな恰好でカメラの前に立つことになったか、舞台裏のお話を聞きたいんですが」
「そうですよね。他のゾンビの方たちはちゃんとしてるのに、どうしてヨンフンさんだけあんな真っ青になっちゃったんです？」
観客たちがくすくす笑うと、ヨンフンは顔を赤らめたままで話しはじめた。
「あの日は、地下鉄に乗って撮影現場に向かっていたんです。ところで、ソウルではほとんどの駅にホームドアが設置されていますが、郊外の方に行くとホームドアのない駅が多いでしょう」
「そうですか？　それは知らなかった」
「そりゃ知らないでしょ。あなたはマネージャーの車でしか移動しないんだから」
「そういうあなたは、最低賃金がいくらか知ってて私にものを言ってるのかな？」
「いや、私、別に国会議員選挙に出るわけじゃないし」
「そんなのわかんないよね？　将来、出るかもよ」
ヨンフンはどのタイミングで話を続けたらいいか様子をうかがった。
「そ、それでですね」
「あ、ヨンフンさんの話を聞かなくちゃ。すみません」
「そうだよ。せっかくお呼びしたのにさ、僕ら職業病で、黙ってられないんだよね。で、どうしてホームドアの話が出てきたんでしたっけ？」
「撮影現場が、路線の端の方まで行かなくちゃいけないところだったもんで、地下鉄に乗ってかなり経っていたんですけどね」
「撮影現場って普通、郊外にありますからね」
「はい。ところで、駅名言ってもいいんでしょうか？」
　ヨンフンが振り向くとADが手でだめだというジェスチャーをしてみせた。
「それで、ほとんど終点に近い駅で人身事故が発生したんです」
「え、もしかして？」
「はい、自殺だったようです」
　チョイが小さく身震いしながらヨンフンの方へ体を傾けた。話にちょっと空白ができ、それからMCたちはまたもや自分たちだけで盛り上がりはじめた。
「自殺される方たちも気の毒な事情がおありでしょうが、そういった公共交通機関ではやめた方がいいですよね。運転士の皆さんに対してひどいじゃないですか。そのためにトラウマが残る方もいるだろうし」
「でも、さぞかし思いつめていたんだろうから。そんな局面で他人に配慮する余力なんかないでしょう」
「でも、それが大迷惑じゃないですか。ぶっちゃけ、わが大韓民国は自殺率が世界一なんですからね。辛口かもしれませんが、そろそろこういう話もすべきなんじゃないですか。生きてる人には生活があるのに、自分勝手すぎる方法じゃないですかね……。処罰規定を設けて、他人に迷惑がかかるケースを規制したら、そういう事例は減るんじゃないですか？」

「現場での処理も大変ですもんね」

「そうですよ。そういうシステムについても話し合っておくべきところまで来てるんじゃないですかね、そろそろ！」

「この人、本当に国会議員選挙に出るかもしれないね」

「そうだよ、もう気持ちを固めるべきなんじゃないの？」

風采の良いMCが高笑いすると、観客たちもつられて笑った。ちょっと寒々しくなった雰囲気を挽回しようとスタッフが「大爆笑」と書いたスケッチブックを持ち上げると、笑い声がだんだん大きくなる。ヨンフンはそろそろ話を再開すべきなのかと周囲を気にしてひやひやしながら、MCたちのやりとりを見守った。そのときテーブルの下で、誰かがヨンフンの膝にトントンと触れた。びっくりしたヨンフンが振り向くと、緊張をほぐしてあげようとでもするように、チョイが笑いながら目を細めてみせた。ヨンフンはしばらくうっとりとチョイを見つめた。

*

地上波のバラエティ番組に出演してから、ヨンフンの生活はさらにあわただしく流れていった。ヒューマンドキュメンタリー番組で、エキストラとして働くヨンフンの一週間がずっと密着撮影されたり、便秘薬の広告モデルの話が入ってきてコマーシャルを撮ったりもした。ヨンフンは顔を真っ青に塗って片手に便秘薬を持ち、「手違いだけど、腸はきれい！」と叫んだ。ハロウィンには大勢の人が手違いゾンビの扮装をして街を練り歩き、ニュースで報道されたし、有名ユーチューバーたちが我先に「手違いメイク」特集を組み、ヨンフンと一緒に動画を撮った。いろいろなイベントにも呼ばれて出演していると、いつの間にか少なくないお金がたまっていた。

この10年間、演技者を夢見ながら食っていくのに汲々としてきた時期に比べたら、ヨンフンはいつにもまして安定し、豊かだった。事務所ではテレビとイベント中心のスケジュールを組んでくれて、やむをえずスケジュールが重なったときには、そのつどマネージャーと車を提供してくれた。もちろん、出演料を精算するときに見てみるとその分も漏れなく請求されていたので、ヨンフンはできるだけ公共交通機関を利用した。だが、どんなに帽子で顔を隠して後ろを向いていても、人々は目ざとくヨンフンを見つけた。初めのうちは他の乗客に迷惑がかかるかと思ってそのつど断ったが、目の前で生意気だと言われてからはおとなしく撮影に応じた。何が何でも庶民的で純情なイメージを崩すなという事務所からの厳しい指示を無視することもできなかった。

そのころヨンフンは、地下鉄の駅の近くでライブ放送をしていたユーチューバーと偶然に出くわした。彼は、ライブ中に入るコメントを読んでアドリブでいろいろな課題にチャレンジすることで有名だった。その日ヨンフンたちを発見した視聴者たちは、「手違いゾンビを1日中マークする」「即興2人芝居、すぐにスタート」「手違いゾンビのおうち公開」などとコメント欄に書き込み、ノリでチャレンジ課題を要求しはじめた。自分を見つけた視聴者たちにありがとうと言って予定通り地下鉄に乗ろうとしていたヨンフンは、車輌の中までついてきたユーチューバーに困惑した顔を見せた。すると彼はヨンフンを「芸能人病」だと非難しはじめた。事態がだんだん物騒になっていくのを見守っていた一人の乗客が撮影をやめるように言うと、ユーチューバーはばかにするなと激昂した声で詰め寄った。

結局、乗客の通報によって2人は次の駅で待っていた駅員たちに連行され、視聴者たちはそれをリアルタイムで観戦し、方々に映像をばらまきはじめた。動画の中のヨンフンは気が気ではなく、あちこちにむかってペコペコしていたのに、投稿のタイトルは「手違いゾンビ、衝撃の乱闘映像」となっていた。書き込みには、撮影を敢行したユーチューバーが礼儀知らずだとか、ひどすぎるというものが多かったが、あいまあいまに手違いゾンビを非難するものも少なくなかった。「手違いゾンビが元凶だよね」「大儲けしたくせに地下鉄なんか乗って。庶民ごっこかよ」「手違いゾンビのキャラ、全部演技なんだって。ほんとは失礼で有名な奴なんだって」。ヨンフンにとっては読むだけでも胸がドキドキする内容だ。だが事務所では、ちょっと落ちていた話題性がまた盛り返したと言ってひどく喜んでいる様子だった。

ヨンフンは手違いゾンビとしてテレビに出て以来、テレビ番組のために別スケジュールを組む以外には撮影現場に出たことがなかった。ギャグ番組でスペシャルゲストとして出演したときにエキストラの役を演じただけだ。コーナー名は「死して名を取る手違いゾンビ」というものだったが、エキストラとして働く手違いゾンビが何をどうやっても結局は撮影現場で死ぬという設定だった。手違いゾンビに扮装したヨンフンは、布団をたたいていればベランダから落ちて死に、ポンデギ〔蚕のさなぎに味つけした食べもの〕を食べていれば気道が詰まって死に、縫いものをしていれば針が刺さって出血多量で死んだ。ヨンフンはまじめに演技しながらもずっと冴えない気分だったが、それでも自分が死ぬたびに観客たちも死ぬほど笑うのが慰めにはなった。

ヨンフンはときどき現場の空気を思い出した。退屈な待機時間、いつ始まるかわからないスタンバイ、それでも忙しく行き来するスタッフの間で感じた安心感……。現場への足が遠のいたのは、ヨンフンだけではなかった。事務所ではゾンビ映画撮影現場での事情を聞いてからというもの、ジンギに「手違いマスター」というニックネームをつけてやり、ヨンフンが忙しくて行けない地方のイベントや地域のケーブルテレビに出演させていた。あの日ジンギに手伝ってもらったことは事実だが、そうこうするうちにジンギが自分でヨンフンのメイクをしてやったという記事が出たのである。もともと現場で会えば話す程度の仲でしかなかったが、その後、2人の関係はいっそうぎこちなくなった。事務所で会っても互いに無言で頭を下げるだけだった。そんなある日、ジンギから電話がかかってきた。

「よう、手違いゾンビ。俺だ」

「先輩、どうかしたんですか？」

ジンギは、どうかしない限り電話もできないような仲じゃないだろ、というような決まり文句は口にせず、自分の近況をべらべらしゃべっていたが、ちょっと間を置くと切り出した。
「お前、台本もらった？」
「え？　何の台本を？」
「まだ会社から通知が行ってないのかな。俺はもう、条件さえ合意すればOKなんだけど……そうはいっても俺とお前はツートップだから、契約前に一度話をすり合わせておいた方がいいだろ？」
「何の話ですか、ツートップって？」
「こんど、俺たちの話で長編映画を一本作る話が入ってきただろ。予算10億ウォンの低予算映画だけど、それでもうまくやりゃ大作になるかもしれない。アル・パチーノが最初から『ゴッドファーザー』に出たわけじゃないからな。みんなそうやって大きくなっていくんだから」
「僕、本当に何も聞いてないんですが……『俺たちの話』って何のことだか……」
「あれだよ、手違いゾンビとそのマスター。夢に向かって疾走する2人の若者が突然時代のアイコンになる。彼らの栄光と彷徨、成功と転落」
「いきなりそんなこと……僕、まだ経験も足りないし発声もだめですから」
「おい、手違いゾンビ！」
「はい？」
「お前、俺にまで設定キャラで対応すんのか？　その設定でテレビに出てるからって、まだそんなこと言うのかよ？　俺だから聞いてやってるけど、どっかでそんな口たたいたら、ボコられるぞ」
「でも、もっと現場経験も積みたいですし。それに、僕の話が事実と違うふうに作られていくのもちょっとあれだし」
「事実？　何くだらないこと言ってんだ？　お前、俺がサブキャラでちょっとテレビに出てるのが目障りなのか？」
「いえ、そんなんじゃなくて……」
「おい、事務所がお前を切ろうとするたびに、あいつも頑張ってるんだからって説得して、現場にだけは出られるようにしてやったのは俺だぞ。こんなことまで言いたくなかったけど……あの日の扮装で、俺の役割が決定的だったってこと忘れたか？　真っ青なだけじゃ、カメラが回っても見えやしないよ。煤がついてたから目に留まったんだぞ」
「それは感謝してます。でも……」
「何が『でも』だよ。高いところに上ったせいで回りが見えなくなったのか？　手違いゾンビだけでいつまで食えると思ってんだ」
　ジンギが言い終わると、沈黙が流れた。ヨンフンは電話越しに聞こえてくる激昂した息づかいに耳を傾けながら、思いにふけった。やがてジンギが最初のような優しい声でつけ加えた。
「まあ、そう言わずにもう一度考えてみ。お前は弟も同然だからこんなことも言うんだ。早めにキャラの乗り換えしないと、もたないからな。こんなチャンスは一生に一度だよ。いや、電話でこんな話してないで一杯やりながら話そう。今どこだ？」
「僕、スケジュールがあってすぐ出ないといけないんですよ。お酒はそのうち……」
「そうか、お前最近かなり忙しいんだったな。わかった。そのうち時間があいたら絶対、一杯やろう。それまでは決定は保留だな」
だが、何度か念を押した末に電話を切るとジンギはすぐにメッセージを送ってきた。
すぐ電話しろ。一度、腹を割って話そう。

*

「『もの言えぬ日』助演オーディション」と書かれた紙が俳優養成学校の練習室のドアに貼ってあった。まともなオーディション会場を押さえられない独立映画制作チームが、練習室を借りて実施しているらしい。ヨンフンは、狭い廊下を行ったり来たりしながらせりふを暗記するのに余念のない人たちの間で、片手に履歴書を持ち、帽子を深くかぶって立っていた。
「チェ・ヨンフンさん、お入りください」
狭い部屋の中央に折りたたみ椅子が置かれ、向かいの机に助監督と演出部スタッフが座ってオーディションは進んだ。2人はヨンフンが入ってきても一度も目もくれず、書類を見ながら忙しくひそひそと会話していた。ヨンフンはわきまえて机の上に履歴書を置き、椅子に座っていた。そのときになって助監督がヨンフンの履歴書をじっと見、演出部のスタッフは携帯カメラで撮影準備をした。
「経歴がすごくシンプルですね。この仕事をされてどのくらいになりますか？」
「始めてからは10年ぐらいになりますが、ほとんどはエキストラです」
「ちょっと帽子を脱いでみてください」
ヨンフンは帽子を脱いでぎこちなく何度も髪の毛をかき上げた。そのとき、携帯カメラで映像を撮っていたスタッフが悲鳴を上げた。
「助監督！　この方、有名人じゃないですか」
いぶかしそうにしている助監督にスタッフが近づき、耳打ちした。ヨンフンはスタッフの唇が「テチガイゾンビ」と発音しているのを読み取ることができた。その瞬間、ぎゅっと握りしめていた手のひらから汗がにじみ出た。
「あの、チョイと一緒にテレビに出てらしたの、拝見しましたよ。だけど、今や売れっ子の方がどうして……こんな小さい役に」
「……ないもんですから」
「はい？　何がないと？」
「仕事がないんです」
「何をおっしゃる。このごろテレビさえつければあなたが出てるのに」
「僕はエキストラの仕事がやりたいんですが、そういう仕事がないんです」
「エキストラですか？」

「はい」
「いえねえ先生、今、外で座って待ってる人たちが聞いたらそれこそゾンビの群れみたいに走ってきて、噛みつかれちゃいますよ」
「え？　どうしてですか？」
「言わせてもらいますが、エキストラが先生の位置にまで上り詰めるのは大変なことでしょう。宝くじに当たるのと同じぐらいの確率で一発当てた人が、こんな役まで狙ってどうするんです。人はみんな、自分に合った茶碗で飯を食うもんです。商道徳が足りませんね」
「でも僕は、上に行きたいわけじゃないんです」
「我々としては、先生が出てくだされば嬉しいですよ。面白くなりますからね。でも、今度の役がどういうのか、わかってて来てくれたのかなあ？　助演と言えば聞こえはいいですけど、失声症の人の役だからせりふが一行もないんですよ」
「それは関係ないんです」
　ヨンフンが断固たる口調で力をこめてそう言うと、助監督とスタッフは顔をつき合わせて検討をした。
「助監督。演技力は他の人と五十歩百歩ですけど、この人で行きましょうよ。手違いゾンビがちょっと変わった趣向に変身とか言えば、制作助成金ももっといっぱいもらえるはず」
「俺もそう思う。でも、外にいる人たちのこともちょっとは考えてあげないと……。すぐにオーディションをやめちゃうのも何だから、君がざっと撮るふりして短めに切り上げてよ。俺は先に出て監督に報告するから」

「それじゃもう一人つけてくださいよ。一人じゃできません」
「わかった。制作部の誰でもいいから呼んできて座らせて」
　助監督がわざとらしくズボンをパンパンたたいて、席から立ち上がった。うつむいていたヨンフンもつられて立ち上がった。助監督は大股で近づいてくると、ヨンフンに握手を求めた。
「先生、よろしくお願いしますよ。今日先生が見せてくださった熱意に、我々は感動しました。ご存じの通り独立映画ですから資金は不足していますが、だからといって私たちに情熱がないわけでも、能力がないわけでもありません。すべては環境に邪魔されているだけです。その意味では先生も私たちも同じということですね。すぐに監督に話して今日からもうミーティングに入りますから。幸い、シナリオがまだ完成していないので、いざとなったら先生の役をぐっと変えることもできるはずです。この映画は、失声症状態に陥っているこの社会の搾取構造を告発するものですから、それを隠喩的にとらえてゾンビ映画に仕立てるとか……」
「ゾンビ映画に？」
　ヨンフンはびっくりして、握手していた手を離してしまった。助監督が目を細めてヨンフンの肩をトントンたたいた。ぐったりと疲れきっているヨンフンの体が、紙人形のようにひらひら揺れた。
「アートもいいけど、映画はやっぱり大衆性がなくてはね。我々はともに、水に入るべきときにはともに入り、ともに櫓を漕ぎましょう。オーエス！　オーエス！」
　助監督が櫓を漕ぐ身振りをしてみせると、後ろに座っていたスタッフたちがバッと立ち上がり、腕を思いきり広げて叫んだ。
「手違いゾンビ、ファイト！　『もの言えぬ日』もファイト！　公開するぞ！　大当たりを狙うぞ！」
　廊下で順番を待っていた人たちが、室内から聞こえてくるやかましい物音にじっと耳を澄ました。

＊

「おい、この野郎！　何様のつもりで独立映画なんかに！」
　室長が厚い台本をテーブルの上に投げ出しながら怒鳴った。この前オーディションを受けに行った映画制作チームから、事務所に台本と契約書が送られてきたらしい。室長の隣ではジンギが固い表情で腕組みをしてヨンフンをにらみつけていた。
「俺が送ったメールは見たのか？」
　ヨンフンは罪人のように深くうなだれた。
「お前ら2人を組ませて長編映画を作ろうとして、俺があちこちでどんなに苦労したと思ってんだ？　その恩返しどころか、よそでくだらんことしやがって」
「室長のご尽力ははかりしれないほどですよ。でもあんまり興奮なさらず、話し合いで解決しましょうよ」
　ジンギがドリンク剤のふたを開けて丁重に室長に差し出した。室長は憤懣やる方ないのか、ハアハアと荒い息をしていた。
「はっきり言ってお前と俺は戦友以外の何物でもないじゃないか。夜中じゅう一緒に宮殿の歩哨役で立ちんぼしたり、戦場で銃弾に当たって並んで寝転んだまま太陽が昇るのを見たり、激アツのサウナで汗を拭き合った仲だろ。俺に腹を割って話せないことなんてないはずだぞ」
ジンギがとびきり優しい声で2人の思い出を列挙したので、ヨンフンもちょっと安心した。
「先輩、でも僕はそんな器じゃないですよ」
「そりゃまた何のことだ」
「僕は主人公の器じゃないと思うんです。でも、先輩にはできるし、きっとうまくやれると思います」
室長がチッチッと舌打ちをしながら割り込んできた。
「何だよ。それじゃこいつを一人で出せってのかい？　この野郎、人前でずいぶんな仕打ちをするもんだな」
「お前が器じゃなくても、この兄貴が助けてやるって言ってんだよ。俺を信じてついてきてくれよ」
ヨンフンには事務所内の空気が重く、息苦しく感じられた。こんなふうに毎回引きずり回されていたらもうやっていけないと思い、震える心を引き締めた。
「何で絶対に主人公じゃなきゃいけないんですか？」
ジンギがソファからバッと立ち上がった。
「おとなしくしてて現状維持できると思ってんのか？　他の連中がみんな人を蹴落として前へ前へ行くのに、じっとしてたら結局お前だけ取り残されるんだぞ！」

ジンギが大声を出すと、ヨンフンも激昂した声で答えた。
「先輩は前に行ってくださいよ。僕は逆に行ってもかまわないんですから。エキストラがどんなに重要か、先輩も知ってるじゃないですか。主人公しか出てない映画が本当っぽく見えますか？　後ろで小さい役の人が動いててこそ、ほんものになるんでしょ。僕はそれが本当に意味のある仕事だと思うんですよ」
ヨンフンがブルブル震えながら熱弁を振るうと、室長が爆笑した。
「こいつめ、話聞いてみりゃずいぶん高尚な野郎だな。違うか？」
ジンギは呆れたように、カラカラ笑っている室長の隣にぺったりと座り込んだ。室長はさっと笑いを引っ込めると険悪な顔で話を続けた。
「まずは当面、バラエティで予定の入ってるのは出ろ。何が何でも出ろ」
「その後は？　またエキストラで出てもいいですか？」
「これをやってから言え。それにお前、もうこんなに顔が売れちゃったんだから、どこ行ったってエキストラはできないよ。わかったか？」
ヨンフンはやりきれないのか、手のひらでずっとみぞおちのところをさすっていた。
「お前、うちと５年契約だってことわかってるよな？　年数じゃなくて日数でだ。これはお前を説得するために言ってるんじゃない。契約の話をしてるんだ。しっかりしろ」

「それ、どういうことでしょうか？」
ヨンフンがあわてた顔で聞くと、室長は恐ろしい声でつけ加えた。
「契約不履行で訴えられたくなかったら、考えてものを言え」

*

家のあちこちに設置されたカメラが、ヨンフンの一挙手一投足を撮っていた。朝起きて、コマーシャルの一場面のように総合ビタミン剤を口に放り込み、体操をする様子、簡単に朝食を作って食べ、皿洗いをしながら鼻歌を歌っている様子、鏡の前で台本を持って練習している様子……平凡な日課が続いていくと急にブザーが鳴った。予定外の状況だったので、ヨンフンは冷蔵庫の中に隠れているプロデューサーをじっと見た。プロデューサーは早く出ろと無言の手振りで伝えた。ヨンフンがそっとドアを開けてみると、きれいに身支度した老夫婦がドアの前に立っていた。
「何のご用件でしょう？」
ヨンフンの顔を見るや否や、おばあさんがわっと泣き出した。戸惑ったヨンフンは、ともかくお入りくださいと言って老夫婦を家に上げた。おじいさんが何度も何度も頭を下げながら、おばあさんを支えて中へ入ってくる。老夫婦はもたもたしながらもヨンフンから片時も目を離さなかった。家の中に設置されたカメラや、隠れているスタッフたちのことは意識していないようで、撮影中だということもわかっているようだ。ヨンフンは急いでキッチンからお茶を持ってきた。お茶を飲むと落ち着いたのか、おばあさんはバッグを開けて写真の入った額を取り出した。そこには、ヨンフンより少し年上に見える男性の微笑む顔が収められていた。まだわけがわからず面くらっているヨンフンに、老夫婦は写真の中の男性の事情を話してくれた。

30歳をとうに過ぎて、趣味を持ってみようかと入った一般人対象のミュージカル教室で、男性は新しい世界に目覚めた。遅ればせながら演技者を夢見るようになった彼は、仕事を辞め、両親と一緒に暮らしていた故郷の家を離れ、一人でソウルへ上京した。インターネットの求人サイトでかろうじてエキストラの仕事を見つけて現場に出たりしていたが、それで得られる仕事のチャンスはべらぼうに少ない。そうこうするうちに、現場で顔なじみになったキャスティング担当の室長の紹介で、その人のエキストラ派遣会社に入ることになった。男性は会社に所属したことを単純に喜ぶばかりで、どんな会社なのか調べてみようともしなかった。

彼は、現場の仕事がないときに事務所で手伝いもできるかと聞かれて、喜んで「はい」と答えるほど意欲に満ちていた。だが徐々に、現場に出るよりも事務所で仕事をする日の方が多くなっていく。休日もなく、土日にも出勤して働いた。室長は男性の月給も、出演料の支払いも日一日と引き延ばした。そうやってまる1年、無給で働いた。男性は家の保証金〔韓国には、賃貸契約時に高額の保証金を大家に預け、その代わりに毎月の家賃を払わなくて済むシステム「チョンセ」がある〕まで使い果たしたが、それでも来月の家賃を払うお金が足りなかった。どうしようもなくなった彼が両親にすがると、父母は、芝居の仕事は辞めて故郷に帰ってこいと説得したが、男性は夢をあきらめることができなかった。その後も何か月間か、交通費をもらうだけでがまんしていた彼は、やっとのことで室長に、遅配になっている給料をくれと切り出した。「こんど」という口約束で言い争いになり、言い争いがついにとっくみあいになってしまった。彼をけしからん奴だと考えた室長はしばらく後、関わりのあるチンピラどもの会社に頼んで彼を監禁、暴行した。そのようにして何日か続いた暴力の現場からやっとのことで逃げ出し、家に帰った日、男性はプラットフォームに入ってきた電車に向かって身を投げた。ヨンフンが手違いゾンビとして生まれ変わったあの日、あの駅でのことだった。

「テレビで見て、まるで私たちの息子の恨みを晴らしてくれたみたいで」

　おばあさんは感激した声で何度もそうくり返した。隣でおじいさんが無言のまま、首をゆっくりと縦に振っていた。ヨンフンは彼らの手を握りしめて泣き出した。まるで幼いころに戻ったように、おいおいと声を上げて泣いた。男性の写真の上に涙の粒が絶え間なくこぼれ落ちる。しまいにはかえって老夫婦が彼の背中を撫でて慰めてくれる始末だった。とうとうプロデューサーが姿を現してヨンフンに声をかけたが、無駄だった。その間もカメラは低いアングルから、彼が体を震わせて泣いている姿を逃さずとらえていた。ヨンフンは老夫婦が帰ったあともかたつむりのように体を丸めたまま、無念そうに泣いていた。胸の奥から湧き上がってくるような泣き声は、視聴者たちに言葉以上の言葉を伝えた。

勢いが鈍ってきていたそのバラエティ番組は、圧倒的な視聴率を記録した。その局の再視聴映像中で歴代最高の再生回数を記録し、ユーチューブには何百本ものリアクション映像がアップされた。「夢を歌う」という内容のポップソングをかぶせて編集された映像がSNSに乗って、把握できないほどのスピードで広まっていった。いつのまにか政府の掲示板にエキストラの生活保障と待遇改善を要求する請願が寄せられた。その週のニュース番組がすばやく「人権の死角地帯――エキストラの実態」というタイトルでこの問題を扱ったため、話題は続いた。しばらく他の番組に登場していなかったヨンフンは番組の最後のインタビューに出て、現場の実態と苦衷を生々しく語った。「若者の人権問題」という彼の一言がパラダイムとして位置づけられ、ヨンフンはこの問題の中心人物になった。

*

深夜12時を過ぎてもやかましく鳴りつづける携帯をのぞきこんでいたヨンフンは、電源を切って床に投げてしまった。そしてソファの上に長々と伸びてテレビをぼんやり見つめた。ケーブルチャンネルで、シーズンを過ぎた韓国映画をやっていたのだ。画面の上の方に出ているタイトルには見覚えがない。ヨンフンは首をかしげて、画面の中に情報を探してみた。登場人物がポケットから出した携帯の機種を見ると、少なくとも五年は前の映画らしい。見慣れた顔の主演俳優が喪服を着て火葬場の前に立っている。その隣でエキストラたちがタバコをくわえて談笑しており、主人公がその中の一人に近づいていって火を借りた。そのときヨンフンはガバッと起き上がった。

「え？」

ヨンフンは画面の中に入り込まんばかりの勢いで思いきり体を低くした。彼が画面から目を離せずにいるうちに、誰かが主人公を呼ぶ声が聞こえてきた。主人公はあわててタバコを床に落として消し、声がする方へ走っていった。近くにいた人たちが驚いた顔で彼を見つめる場面が一瞬流れた。

映画の最後に端役の俳優たちの名前がまとめて現れ、すーっと流れていきそうになると、ヨンフンは急いで携帯をつかんだ。だが、携帯の電源が入る前にエンドクレジットは終わってしまった。ヨンフンは立ち上がってノートパソコンの前に行き、検索窓に映画のタイトルを打ち込んだ。再放送のサイトがずらずらと連なって出てくる。その中からやっとその映画を見つけて再生したヨンフンは、火葬場の場面を探して早送りで見てみた。そして、主人公の隣でタバコを吸っていた一群の男性たちが画面に出た瞬間、停止ボタンを押した。画質がよくないので男性たちの顔は白っぽくぼやけている。何人かは画面に背を向けており、顔も見えない。ヨンフンは再生ボタンと停止ボタンを続けざまに押しながら、穴があくほど画面を見つめた。同じ場面で秒単位で停止ボタンを押していき、とうとう見たかったものを見つけたのか、手を止めた。そして画面に指を持っていくと、その上に何度も丸を描いた。その中には、首をかしげたままタバコを踏んでもみ消している一人の男性がいた。

＊

「いらっしゃいますか？　昨日電話した映画社の者ですが」
　帽子を目深にかぶった男性が、半地下の部屋のドアの前で、故障したのか鳴りもしないブザーを何度も押してはドアをドンドン叩いていた。中からはのろのろと動く人の気配がしたかと思うと、鈍い音をたてて金属のドアが開いた。
「やらないって言ってるのに、どうしてここまで来るんだ」
　中から出てきた老人が、帽子を脱いでぺこりとあいさつするヨンフンを見て驚いたのか、あんぐりと口を開けた。
「ちょっとお邪魔しますね」
　ヨンフンが老人をそっと押しのけて家に入った。老人は当惑顔をして、中腰になってヨンフンについて家に入る。狭い一間だけの空間を見回した後、ヨンフンはすみに置いてあるテーブルの前に腰を落ち着けた。そして、老人をまっすぐ見上げながら言った。
「カン・ギナムさん、もう嘘はやめてください」
　老人はうーんという声を上げて、ヨンフンの向かいに座った。
「私をどうやって探し出したんだ。テレビ局で聞いたのか？」
「いいえ、自分で探したんです。映画に出ていらしたから」
「映画？」

「はい。夜中のケーブルチャンネルでやってたんですよ。『父母のすべて』っていうの」
「あーあ、何に出たんだか憶えてもいないが。年をとって……」
ヨンフンが大きくため息をついた。すると老人がちらっとヨンフンをうかがい見ながらつけ加えた。
「若い人は、人真似も上手だね」
「名前を見つけて検索してみたら、シルバー俳優サイトに登録していらっしゃるし、写真も電話番号も載っていましたよ」
「それでわざわざ訪ねてきたのか？　私を問い詰めに？」
「問い詰めたいんじゃなくて……」
「調べたいならテレビ局の連中に聞け！　私は大した金ももらってないんだ！　そうでなくとも、顔が売れてしまったから当分は仕事もできないんだ。こんなうるさいことになると知っていたらあの仕事は受けなかったよ。ううう」
「じゃあ、どうしてついたんです、あんな嘘を」
「嘘だなんて、そんなことはよく知っているはずの君が何を言うんだね？　私はただ仕事をしただけだよ。撮影現場に行って、あのばあさんと私とペアだと言われりゃ、そんなもんかと思うだけだ。この年になって、食っていくのも一苦労なんだ」
老人は、口元に白い唾がたまるまでくどくど話しつづけた。
「あの日は、覚えなきゃならんことも本当にたくさんあってね。私もばあさんも苦労したよ。それでも私は大したことなかったな。あの人はせりふも私の倍ぐらいあった。そのおかげでギャラも倍もらっていったがね。それだけのことはあるだろう」

じっと聞いていたヨンフンの口から、虚脱したような笑いが流れ出た。

「そうですか。息子さんのストーリーがすごく長かったけど、おばあさんは隠れた名人ですね」

「私もあの半分でもうまかったら、こんなに隠れて悔しい思いをすることもなかったろう。君もそうじゃないか。あの番組でいちばんいい目を見たのは誰だと思ってるんだ。お門違いだよ。怒りたいならテレビ局に行って問いただせ」

「すみません、怒りに来たんじゃなくて……」

「私はもう怖くて、びっくりしちまったよ」

「映画に出てらっしゃるのを見て僕もびっくりしたんですよ」

2人はしばらく無言で、黄色い床を見おろしていた。老人は膝に手をついて立ち上がり、冷蔵庫からコーラを出してきてヨンフンに差し出した。

「今、稼げるだけ稼いでおきなさい。そうすれば、年をとってから嘘をついて憎まれたりすることもなく、生きていけるよ」

ヨンフンは何と答えていいかわからず、ぐっとうつむいたままコーラの缶を受け取った。

*

ヨンフンはポケットの中で、ぬるくなったコーラの缶をまさぐった。地下鉄の駅に入ってからしばらく時間が経ったようで、電車が隣の駅を発車したという案内放送が流れてきた。ソウル中心部からかなり離れた郊外の駅には、やはりホームドアが設置されていなかった。

あの日電車に身を投げた人は誰だったのか。演技者を夢見たものの搾取と暴力に苦しんだあげく、自ら命を断ったという男性の事情は、完全に放送作家の手から生まれたお話だった。その中のどこかの部分には事実が混じっていたのではなかったか。だが、誰に何を聞けばいいのか。

黄色い線の内側に一歩下がれという案内放送がくり返された。ヨンフンは事故で止まった電車の中で撮影現場に遅れるかもしれないと不安に震えていた自分の姿を思い浮かべた。あたりを見回すと、何人かの人が線路の方へ近づいていた。ヨンフンがもう一歩踏み出せば、このうちの誰かの人生が変わるかもしれない。その人生にはどんなニックネームがついてくるのだろう。

「あっ、手違いゾンビだ！」

もうちょっといいニックネームならいいのに、とヨンフンは思った。彼のまわりに人々が集まってきた。携帯のカメラのシャッター音がせわしく響きつつ近づいてくる。ヨンフンはポケットから手を出して帽子を脱いだ。そして、つぶれた髪を手でかき上げながら、集まった人たちに背を向けた。ヨンフンの顔を確認した人たちが喜んで歓声を上げていた。電車がホームに入ってきて、警笛を大きく鳴らした。

後で来てください

「あのー？　いらっしゃいます？　202号室の者ですけど。こちらに私の荷物が間違って来てますよね？　さっき宅配ドライバーの方と電話で話したんです」

「後で来てください」

「え？　何ですか？」

「後で来てくださいよ！」

「後って、どれくらい後でしょう？　あのー、私の荷物が間違って来てますよね？」

「あー、だからー、後で来てくださいってば！」

ジョンヒョンは後で来いという男の言葉を連続3回聞き、それ以上言うべきことが見つからないまま203号室の前に立っていた。最後はほとんど怒声だった。ジョンヒョンは開いたドアのすきまからそうっと、宅配の荷物が見えるかと首をかしげてのぞき込んだが、ドアの内側の引き戸は閉まっており、室内はまったく見えなかった。

ジョンヒョンはまだ立ち去りがたく、203号室の前を行ったり来たりして、アパートのドアの前、廊下、植木鉢のそばをのぞき見た。宅配ドライバーが置いていったという箱はやっぱり見当たらない。ジョンヒョンは203号室のドアを一しきりにらみつけてから、とぼとぼと階段を降りていった。

ジョンヒョンが住んでいるアパートには入り口が3か所あった。大家が、さほど大きくもない3階建ての建物を細かく区切って賃貸に出していたからだ。ジョンヒョンの部屋は2階の端っこにある。部屋一つを無理やり拡張して、屋外と言ってもいいような位置にキッチンとトイレを設置したワンルームだった。2階には5部屋あるが、それぞれ入る入り口が違っている。ジョンヒョンが使っている入り口は建物の左側の端についた幅の広い紺色の金属製のドアで、203号室の人はそのドアから右に10歩ぐらい離れた狭い緑の金属製のドアを使っている。建物の裏にもう一つ入り口があるが、さっきジョンヒョンが宅配ドライバーと電話で話しながら何度も確認した出入り口は、緑のドアだった。ジョンヒョンはむしゃくしゃした気持ちで、緑のドアから出て紺色のドアの方へ歩きながら彼氏に電話した。

「もしもし」

「あ、私」

「今予備校なんだけど、急ぎ？」

「じゃあ急いで話すね。この前一緒に注文したコンドーム5箱、あるじゃん。あれ、宅配のおじさんが間違って隣に配達しちゃったらしいんだ。それで私がさっきもらいに行ったら、ずーっと、後で来いって言うばっかりなんだよね、どうしよう？」

「後で来いって？」

「うん。どうしたらいいと思う？　後っていつのことかわからないし、隣の人、男なんだけど、怒鳴るみたいに言うからさ、後で一人で行くのも怖いんだよ」

「まあ、行くのやめておきな。予備校終わったらまた電話するから」
「宅配のおじさんが、自分で誤配しておいて、配達完了で処理しちゃったらどうする？」
「ちょっとごめん、いったん切るわ」
彼氏が急いで電話を切ると、ジョンヒョンはさらに不安になった。彼氏が予備校のバイトを終えてこっちへ来るとしたら、夜の10時は軽く過ぎるはずだ。そのうえ、彼氏はバイトの日の夜はいつもへとへとなので、できるだけ無理して会わないようにしていた。今は午後3時を過ぎたところだから、彼氏が来るとしてもこれからゆうに7時間は待たなくてはならない。だが、隣の男は後で来いと言うのだ。その「後で」は、7時間後でもいいのか？　または1、2時間後に行くべきなのか？　頭の中がこんがらがったジョンヒョンは神経質に頭を振った。これも全部、コンドームのせいだ。

＊

「コンドームは？」
「さっき見たら、なかったみたいだけど？」
「じゃあ買ってこなきゃ」
「いつ行くの、そんなこと言って」
「じゃあ、しないの？」
「いや、するよ」
「じゃあ買ってこなきゃ」
「一緒に行こ、それじゃ」
シングルベッドの上で、服を半分脱いだような状態でごろごろしていたジョンヒョンと彼氏は、すぐにコンドームを買いに行くかどうかの選択の岐路に立って、いや、岐路に寝ているところだった。つきあって2年めに入った2人は、主にジョンヒョンの部屋でデートをしていた。まずはセックスをした後、そのまま横になってちょっと昼寝をしたりご飯を食べたり、散歩をしたり映画を見に行ったりした。親の家で同居している彼氏はできるだけ外泊をしないようにしており、そのためデートは主に、2人とも仕事のない昼の時間にすることになっていたのだ。たまに夜に会っても、彼氏は地下鉄がなくなる前には間違いなく帰っていった。

「コンドーム切れてるの知ってたの？　自分が使ったものは自分でチェックしなくちゃ」

ジョンヒョンは不満の混じった口ぶりで、問いただすように彼氏に言った。彼はときどき、コンビニで6個入りのコンドームを買い、ジョンヒョンの部屋に置いていった。でも、いざ必要な瞬間に箱がからっぽということがよくあった。

「僕一人で使ってるの？　2人で一緒に使うもんでしょ」

彼氏はジョンヒョンの言葉に気を悪くしたようで、ぶっきらぼうにそう言うとベッドの横に落ちていたティーシャツを拾った。そのせいでムードが壊れてしまった。ティーシャツを拾って着るというのは十分に意識的な行動だった。ジョンヒョンも口をとんがらせてベッドで体を起こし、ショートパンツをはいた。

「何するつもりなの」

何をするのかはわかっていたが、ジョンヒョンは冷たく聞いた。彼氏はジョンヒョンをちらっと見ると机に寄っていった。そしてノートパソコンを持ってベッドに戻ってくると、壁にもたれて座った。ジョンヒョンはその隣に腕組みをして座り、パソコンの画面をのぞき込んだ。彼氏はインターネットのショッピングモールに入り、検索窓に「コンドーム」と入力した。

「ネットで買うの？」

「うん。君も外に出たくないし、僕も出たくないんだもん。今ネットで買って、明日受け取って使えばいいじゃん」

「どれくらい買うの？」

「ちょっと待って。すごーい、前からネットで買えばよかったな！　コンビニよりずーっと安いじゃん」

「そう？　どれ買うの？　いつも使ってるの買う？」

コンビニより安いという吉報にジョンヒョンはすぐに機嫌を直し、彼氏と仲よく頭を突き合わせて、あれこれと商品を見はじめた。

「同じのにしようよ。そっちにもいろいろこだわりがあるでしょ」

「うん、まずパッケージにアイドルの顔がついてんのは気分悪いから嫌、名前や包装がうるさいのも嫌」

「それじゃ、選択肢あんまりないじゃん」

彼氏は自信を持ってある商品を選び、注文数を5個に引き上げた。

「5箱も買うの？　お金あんの？」

「コンドームって思ったより早くなくなるからさ。こんなに買ってもコンビニで買うよりずっと安いよ。今どっさり買っておけば、後で面倒がないじゃん」
彼氏は一息に注文ボタンを押した。
「ここの住所で注文してもいいよね？」
「まさか、実家に届けてもらう気？」
ジョンヒョンは彼氏が膝の上に置いているノートパソコンを引ったくって自分の膝に乗せ、住所を入力した。
「名前は？　そっちの名前にする？　それとも仮名にする？」
「仮名でもいいのかな？」
「このごろ、1回きりの暗証番号みたいなのもあるから大丈夫じゃない？」
「君の名前は女か男かはっきりしないから、そのまま書いてもいいと思うけど」
「じゃあ、私の名前にするよ」
ジョンヒョンは注文者欄に自分の名前を入力すると決済ボタンの上にカーソルを持ってきて、彼氏の方をじっと見た。
「支払いは？」
「……半分ずつにしようか？」
「そうだね、わかった。2人が一緒に使うんだもんね。いったん私が払っておくから、後で半分ちょうだい」
「オーケイ」
注文を終えた2人は気分がほぐれたように抱き合って、ベッドの上に寝転がった。

＊

「もしもし？　さっき、宅配が届かないって電話した者ですけど、2階のドアの前に置いたっておっしゃいましたよね。本当は紺色のドアから入るべきなんだけど、緑のドアから入ってこられたんですよね。ですよね？

私、さっきその部屋に荷物をもらいに行ったんですけど、そこの人が、受け取ったか受け取ってないのか教えてくれなくて、後で来いって言うだけなんですよ。こういうときどうしたらいいんでしょう？　どうしても今日受け取れないと困るんだけど……。ほんとに大事な荷物なんですけど、おじさんが先に配送完了で処理しちゃったじゃないですか。そしたら返送もできないんでしょ。

え？　また行ってみろって？　そちらでもう1回行っていただけませんか？　そうしてくださると助かるんだけど……。おじさんの責任もあるんですから。あーそうなんですか、じゃあ、このあたりにまたいらっしゃるのはいつですか？　明日？　えー、私、絶対今日受け取らないといけないんですけど。そうですかわかりました。じゃ、明日来てくださるんですね？　絶対来てくださいよね」

＊

隣の男が後で来いと言ってからいつの間にか3時間が過ぎた。その間、ジョンヒョンは何もできなかった。ただ部屋の中を行ったり来たりして、頭の中で隣室の様子を思い描いてみた。あの男はいったい何があったからって、「後で来い」って3回も言ったのかな？

宅配ドライバーの言う通りなら、ジョンヒョンが訪ねて行く前、荷物が男の部屋の前に置いてあったのはせいぜい30分あまりだ。あの人にも今日、絶対受け取らないといけない荷物があったのかな？　そうでないと、そんなわずかの隙に偶然外を確認して箱を取り込んだことの説明がつかない。しかもこのあたりは山の下の高台なので、宅配は主に午前中に配達される。ジョンヒョンも、本来届くはずの時間に何の知らせもないのでドライバーに連絡したところだったのだ。でなければ、隣の男はまわりの気配に耳をピンと立てて暮らすタイプなのか？　だとしても気に障るのは同じだけど。とにかく隣の男は、伝票にジョンヒョンの名前が書かれた宅配荷物をよく見もしないでさっさと家に入れたのだ。

待っている荷物があったんだったら、なおさら嬉しかっただろうから、その人もすぐに箱を開けて内容を確認したかったはずだ。包装を開ける前に伝票を確認してくれればよかったのに。でもジョンヒョンもときどきその手順を忘れることはある。自分の部屋の前にあれば自分の荷物。それが韓国式集合住宅生活の暗黙の前提じゃないか。何を注文したかすぐに思い出せなくても開けてみることはありうる。それこそ条件反射的に、荷物があれば開けてみるのが人情だから。だけどその瞬間、男は、何か変だと気づいたのだろう。その中にごろんと入っていたのは、ちょっと薬の箱にも見えそうなコンドーム5箱。そのときになって隣の男は伝票を確認し、

203 号室ではなく 202 号室という文字を発見したのだろう。1 号の違いだが、出入り口自体が違う他人の家だ。

そして、受取人の名前は「チェ・ジョンヒョン」。ジョンヒョンはこの点がいちばん気に食わなかった。思い出せば出すほど、彼氏の意見におとなしく従ったあの瞬間が悔やまれる。あいつに何がわかるっていうの。住所を書いた瞬間に戻ることさえできるなら、彼氏の名前か、「ユク・ボンパル」みたいなオトコオトコした名前を書くだろうに。それでもラッキーだったのは、チェ・ジョンヒョンという名前だけでは男か女かはっきりわからないという事実だ。隣の男は、コンドームを 5 箱も注文するのだからたぶん男だろうと思ったのかもしれない。伝票をちゃんと確認せずに開けたのは悪かったが、中身が中身だけに、同じ男どうしと笑ってすませてくれるだろうと思ったのかも。それでまた箱を閉め、テープを貼り直したときにジョンヒョンが訪ねてきたのだ。それぐらいのタイミングと考えればぴったり合う。

隣の男は、202 号室の宅配について問い合わせる女の声を聞いてあわてたのだろう。ちゃんと確認せずに箱を開けたのも、私生活に関わる品物をうっかり見てしまったのも不可抗力で、本意ではなかったが、誰かのせいにすることもできない。ミスでしたとごまかすにはもう深入りしすぎた感じだし、言い訳の言葉を探すのも一苦労だっただろう。ひょっとしたら、ふだんから女性との会話に慣れてない人だという可能性もある。女性が苦手な性格だとか、女嫌いに近いということもありうる。結局、隣の男は「後で来てください」という言葉で、とりあえず予想不能の状況を免れようとしたのだ。

そこまで考えてきて、ジョンヒョンは先のことがなおさら心配になってきた。

もしもそんな流れになって、隣の男が本当にそういう人だったら、荷物をちゃんと返してもらえるだろうか？　さっき、後で来いと言われたことは言われたが、もう一度行ってもいいのだろうか？　へたに一人で行ったりして、怖い目にあわないだろうか？　だったら、彼氏を待って今夜か明日一緒に行くべきだろうか？　または、最後まで宅配ドライバーの責任を追及し、こちらにちゃんと配達するよう要求すべきだろうか？　それにしても私は、自分の宅配荷物のことで何でこんなに悩まなきゃならないのか？

*

「私、202号室の者ですけど。後でということでしたからまた来ました！」

ジョンヒョンは203号室の前に立ってわざと大声を張り上げた。家の中で堂々めぐりして心配ばかりしていたら頭が割れそうになり、とにかくもう一度直撃してみることにしたのだ。203号室の男が後で来いと言ってから4時間が経ったのだから、時間も十分にあげたといえそうだし、おしまいには「何で私が私の荷物を受け取れないの！」という怒りまでこみ上げてきた。午後ずっと何も手につかないまま過ごしたあげく、一か八かの気持ちが突然、背中を押したのだ。それでも何度も呼びかけていると、不安感がむずむずと湧き上がってくる。ジョンヒョンは右の肩にかけた布バッグを触った。中には、もしもよからぬことが起きた場合のためにと反射的に入れてきた包丁が入っていた。まだ一度も使ったことのない新品だ。

「あのー？　いらっしゃいますか？」

203号室の中からは何の物音も聞こえてこない。今度はドアをガンガンたたいてみた。そのとき、きーっという音とともにドアがぽっかり開いた。ドアのすきまからのぞいてみると、さっきとは違って引き戸がすっかり開いている。ジョンヒョンはバッグに入れた包丁を握りしめたまま、ドアのすきまに近づいた。

「荷物をもらいに来ました。いらっしゃいませんか？」

開いたすきまに顔を突っ込んでもう一度叫んだが、中は静かだった。ジョンヒョンはまだ包丁を握ったまま、片手でドアをぐっと引っ張った。引き戸の内側の部屋の様子がすっかり見える。さっきまで人がいたらしく扇風機は首を振りながら回っていたが、形ばかりのキッチンとトイレの中からは人の気配が感じられなかった。

男の部屋は、彼の両親や大家に見られたら背中をどやされて叱り飛ばされそうなほど汚かった。2段式のハンガーラックには、ちゃんとハンガーで吊るされた服より、かろうじて引っかかっているだけの服の方が多く、よくまあ倒れずに立っているものだと不思議なほどだ。適当に放り投げたものや靴下、ごみなどがたまりすぎて、壁と床の境目がわからなくなっている。座り机の上にはノートパソコンが電源を入れたまま置いてあり、その横に吸い殻がぎっしり詰まった飲みものの缶が何個も並んでいた。

人の気配がないことがはっきりすると、ジョンヒョンは玄関で靴を脱いで用心深く部屋の中に入っていった。さっさと宅配荷物だけ探して持って行くつもりだった。隣の男が荷物をすぐに返してくれないことに腹を立てすぎて、後のことなんか気にしてもいない。今は箱を見つけることが優先だった。

鼻くそほどの小さな部屋なのにどうしてこうまで散らかれるのか、と思うほどぐちゃぐちゃなので、荷物を探すのは思ったより大変だった。ジョンヒョンは、興奮しすぎていて箱が目の前にあっても見えないのではないかと疑わしくなってきた。他人の家に上がり込んでいるという事実のせいで、心臓が激しくドキドキして、無限に長い時間が過ぎたように思われた。ジョンヒョンは興奮を鎮めるために時間を確認した。男の部屋に入ってからほんの10分しか経っていない。すでに室内を二度、三度と探し回ったが、箱はどこにもない。ジョンヒョンは腰を伸ばして、にじんだ汗を拭いた。そのときドアの向こうから、足音と話し声が同時にだんだん近づいてくるのが聞こえてきた。

「暑くてたまんないのに、何で家なんですか」

「家でやることがあるからでしょ」

「何よー、怪しい」

男女の会話が近づいてきたのでジョンヒョンはドアの前に脱いでおいた靴を持ってとりあえず隠れる場所を探した。だが、一部屋にキッチンとトイレという間取りではろくに隠れる場所もない。結局、服の山になっている2段式ハンガーラックの後ろにあわてて体を隠すしかなかった。

「何でドア開けっ放しで出かけたんです？」

「この家に盗まれるようなものなんかないし……」

203号室の男が女と一緒に部屋に入ってきた。むさくるしいジャージにニット帽を目深にかぶった男は、30代後半に見えた。続いて入ってきた女は垢抜けたスーツ姿だ。服装のせいか、ジョンヒョンよりは年上に見えた。

ジョンヒョンはハンガーラックの後ろで息を殺したまま、この状況をどうやって切り抜けようかと考えた。まず携帯電話を消音に設定した。ときどき映画で、身を潜めている主人公が携帯の音のせいで見つかるのを見るたび、ジョンヒョンはありえないと思っていた。隠れたらまず、音が出ないようにしとかなきゃ。それから、おなかにそっと力を入れて膀胱の状態を確認した。まだセーフ。2時間は大丈夫だろう。その間に逃げ出す方法が見つかることを願いつつ、まずは息を殺していることにした。幸い、もともと部屋が汚くて散らかっているからか、203号室の男と女は変な気配に少しも気づかなかった。

「君、ここに横になってごらん」

「無理よ、こんなに散らかってるのに」

男は手で床をさっさっと払い、女が横になれる空間を作った。おかげで雑多なものたちがハンガーラックの前に押し寄せてきて、ジョンヒョンの隠れ場所をさらにばれないようにしてくれた。女はぶつぶつ言いながらも男が作ってくれた場所に横になった。男があたふたと彼女にキスをし、すぐに服を脱がせはじめる。ジョンヒョンは、これから何を見聞きさせられるのかと心配になってきた。このままあいつらがいちゃいちゃするのを盗み見したくはないが、今、外に出ていくこともできない。初めて、後で来いと言った男の気持ちが少しはわかるような気がした。

「コンドームは？」

「あるよ、いっぱいありますよお」

「いっぱいってどういうこと？」

男は、ノートパソコンが置いてある座り机の下から宅配の箱をさっと取り出した。机の下にはごみがぎっちり詰まっていたので、隠す空間はないだろうと思ってジョンヒョンはスルーしたのだが。ジョンヒョンは、203号室の男が荷物を返さないつもりであることを悟った。箱は完全に開けられてガムテープがぶらぶらしており、コンドームの箱もいくつかはビニールの包装が開いている。また怒りがこみ上げてきた。ジョンヒョンは思わずバッグの表面を手探りして、包丁の輪郭を指でぐいぐい押した。

「え、これ全部コンドームですか？」

「君といっぱいいっぱいしようと思って、一度に注文したんですよー」

男が箱からコンドームを取り出した。ジョンヒョンは今すぐ飛び出してコンドーム横領現場を押さえるべきかと悩んだ。だが、よく考えてみれば自分の嫌疑の方が重そうだ。住居侵入、凶器所持、このままじゃ変態やストーカーにされても言い訳できそうにない。緊張して口が渇き、唾をごくんと飲みくだし、自分の出した音にぎくっと驚く。そろそろおしっこが近くなってきたようでもあり、足もぶるぶる震えてくる。ジョンヒョンはあとどれくらい耐えられるか心配になってきた。

「ちょっと、ちょっと待って」

「どうしたんです？」

「ちょっと、それちょうだい」

女は男が持っていたコンドームの箱を引ったくった。

「いつも使ってるのと違うじゃないですか」

「それがどうしたんですか？」

「何で別のを注文したの？」

「いや、ただ……」

「いつものあれは理由があって使ってたんでしょ。覚えてないの？」

「えーと……何だっけ？」

女は地面が凹むほど深くため息をついて、服を直して座り直した。男はきまり悪そうに笑いながら、コンドームの箱を引っくり返してはためつすがめつしている。

「そうやって見てたら思い出せそう？」

続く質問責めに、男はまともな答えが思い浮かばないらしい。ジョンヒョンは男が早く答えを思い出して事態が進展し、出ていく隙ができますようにと心から願った。

「チェ・ジョンヒョン？」

急に自分の名前が聞こえたのでジョンヒョンはびっくり仰

天し、危うく返事をしそうになった。女は宅配の箱に貼られた伝票をのぞき込んでいた。

「チェ・ジョンヒョンって誰です？」

「友だちで……」

「どういう友だち？」

「前に俺からお金を借りてったやつなんですけどね、そいつが、コンドーム関連の会社を始めたらしくて、借金をこれで返すって……」

　ジョンヒョンは203号室の男の嘘の中で、いつの間にかコンドーム会社を経営する友だちになっていた。緊張していても、くすっと笑いを漏らしてしまうところだった。反面、部屋の雰囲気はだんだん冷え冷えとしてきた。

「友だちがコンドームで返したいからって、私が使えないものを受け取ったんですか？」

「……」

「私と何回したと思ってるの？　そんなことも知らないで」

「わかってますよ、わかってるけど、今その単語が思い出せなくて」

　女はため息をつきながら立ち上がった。男が中腰になって、女を追って立ち上がった。

「思い出したら連絡ください。私、帰るから」

「何で帰るの？　どこ行くんです」

「あんたはつけて出せばそれで終わりだろうけど、私は違うんですよ。それが私の体に入るんだから！　わかった？」

「あ、わかった！　君、ラテックスアレルギーだよね！　やっと思い出しましたよ！」
やっと答えを思い出した男が意気揚々と叫んだが、女は彼を黙ってにらみつけると、ぱっと身を翻して玄関に向かった。
「だから、フリー……何だっけ？　それしか使わなかったんだよね俺たち。友だちにはそのこと、ちゃんと説明したはずだったんですけどね……。俺がそれを言わなかったはずはないのに……」
女が靴に足を乱暴に突っ込んだ後、神経質に床につま先をトントン打ちつけた。男は床を蹴って出ていく女を追っていった。
「ねえ、今、買いに行こうよ！　俺が新しいの買いますよ！」
ジョンヒョンは耳をピンと立てて2人の足音が遠ざかるのを確認した後、服の山をかき分けて這い出した。そして、部屋のまん中にぬっと立ったまましばらく考え込んだ。宅配荷物もコンドームの箱ももう開けられている。ジョンヒョンは身をかがめてコンドームの箱を拾い上げた。アレルギーのある203号室のカップルは使えない、ラテックスのコンドーム。今これを取り返して帰ったら、男はすぐにジョンヒョンが自分の家に隠れていたことに気づくだろう。彼が逆恨みしてジョンヒョンを訪ねてくる可能性を残したくなかった。早く決断を下さなくてはならない。
さっき家を出た2人が急に仲直りして新しいコンドームを買って帰ってきて、この部屋で鉢合わせしたらもっと大変なことになる。それならむしろ、バイトを終えてから来ることにした彼氏を代表にして、後でもう一度来た方がいいという気がする。だが、彼氏が代わりに宅配荷物を受け取ってくれても、気が晴れそうにない。どうして宅配一個ちゃんと取り返すのがこんなに大変なんだろう。一日中悩み、苦しんだのが悔しいし、いまいましい。ジョンヒョンはバッグの中に入っていた包丁を取り出して握った。そして、室内をささっと見回すとバスルームに通じるドアを開けた。

*

「食卓の上にあるの、何？」

夜遅く予備校のバイトを終えてジョンヒョンの部屋に寄った彼氏が、部屋に入るとそう聞いた。

「あれ？　正義の実現」

ベッドに長々と寝ていたジョンヒョンが彼氏を見上げて答えた。食卓の上には、鋭くカットされた洗濯機のホースが2本、きちんと揃えて置かれていた。

セックスとコメディ

「私たちはもう20代じゃない！」

「そうだ、私には買えるんだ、いや、買うぞ！」

30歳を目前にした年末、安物のラブグッズとの決別を決心したシオは、隣にいる友だちウンビの応援に助けられてラブグッズ店に入っていった。それまでシオが使っていたラブグッズは5万ウォンもしない安物のマッサージ機と、東京の渋谷の裏通りにある、小さな感じの悪い店で急いで買った手のひら形のバイブレータだけだった。鼻マッサージ専用だという親指ぐらいのマッサージ機は、いつからか金切り声を出して震えるようになり、この音を聞きながらマスターベーションをするなんて聴力がある限り無理な話だ。渋谷出身のバイブレータはひどくおとなしくて、「無」に近い感覚しかもたらさなかった。

2人がやってきたラブグッズ店は、2人の女性社長が、おしゃれで独創的なコンセプトで経営している店だった。最近、雑誌にもたくさん記事が載るほど注目されている。適度に奥まったところにあるその店のドアを注意深く開けて入っていくと、インタビュー記事の写真で見た社長の一人がカウンターの後ろを行ったり来たりして忙しく動いていた。その記事で顔にも見覚えがあるし、インタビューの中の言葉も覚えていたので、シオは危うく社長に対して知り合いみたいに振る舞いそうになった。雑誌で見たときもセンスにあふれていた社長は、シオとウンビが気楽に商品を選べるように、適当な距離を置いて見守ってくれていた。2人は気まずさを隠して店の奥から見ていった。

「これはネックレスなんだね」

ウンビが不思議そうに、首にかけられる形の、細長くて薄いバイブレータを指さした。

「これ、サイトで見たけど、音が小さくて振動はすごく強いんだって。それにだんだんあったかくなるんだってよ」

「私も一つ買おうかな」

一度も器具を使ったことのないウンビが、お菓子の形に作られたバイブレータをじっくりと見ながら言った。

「私はもう30歳だから、挿入型にするんだ」

シオはウンビを引っ張って、ディルドが展示されているコーナーに行った。

「うわっ、これすごい、怖い」

挿入型のディルドは大きさでも形でも初心者を威圧した。ウンビが指さしたディルドは実際の男性性器を見本にしたもので、東アジアではなかなか見かけない大きさだったから、初心者ではないシオにも手ごわく感じられた。

「これはちょっと怖いな。私向きじゃないと思う」

ウンビは性器形のディルドに手を触れて触感を確かめ、その横でシオは他のディルドを見物した。入れたときに確実にクリトリスまで刺激してくれる機能を備えたものが目についた。それがまさに、シオが欲しいものだった。

「これは怖くもないし、しかもすっごい可愛い」

ウンビはシオが見ていたディルドに手を伸ばした。
「しかも触感もいいし」
「しかも」という言葉を盛んに使うところを見ると、ウンビにも徐々に器具を買う気持ちが生まれつつあるようだ。
「デザインはそれにする。あなたが今持ってるやつ」
ウンビが手にしたディルドはアメリカで生産されているもので、大きな柱の中間に小さな柱がぴょこんと突き出した形だった。そのため挿入と同時にクリトリスを刺激することができる。振動モードが全部で6種類もあり、温熱機能もあった。そして、それら全部が手に入る価格というと……。
「高いなー。私は絶対無理」
ウンビは値段を確認すると、すぐに選択のドアを閉めてしまった。シオはまだ迷っていた。しっかりと決意を固めてきたのに、値段のためだけに引き下がるわけにはいかない。
「30代をこの子と一緒に過ごすと思えば、このぐらいは出してもいいんじゃないかな？」
「でもこの子、30代を全部カバーしてくれるかな？　急に壊れたらどうする？」
「そうだね。こんなに払ってお迎えするのに、しばらく使ったら壊れちゃうんじゃ困るな」
「社長つかまえて、聞いてごらんよ」
シオは器具を選ぶときは大胆だったが、そんなことを質問する自信はなかった。交換、返品、アフターサービス、苦情は、シオの消費生活にない単語だ。今まで中古品を買ったこともなかったし、電話での問い合わせはいうまでもない。

「大丈夫だよたぶん」
「行って聞いてみればいいじゃん、保証期間はいつまでかって」
「ちゃんと保証してくれるよ。こんなに確かなお店なんだから……。それはそうと、色はどれにしようかな？」
シオは返事をごまかして話題を変えた。シオが選んだものは色が三種類あった。アイボリー、ピンク、濃い紫。
「好きな色にすればいいじゃん」
「ウンビさあ、ディルドは色がすごく大事なんだよ」
「どうして？」
「ちょっと考えてみてよ。これを入れたり出したりするでしょ。そしたら何か、つくでしょ？　そのときディルドの色が明るいか暗いかによって、こっちの気分もずいぶん変わってくるはずだからさ」
「そうだね。これは好みの違いだけど、私は明るい色の方がいいと思うな」
「あ、同じ。私も明るい色がいいと思ってた」
「暗い色だと、見た目のショックが大きそう」
「だよね？　とにかく、ふだん使いだからね」
ディルドの購入には考慮すべき点がたくさんあった。情緒的経験と身体的経験を同時に満足させ、かつ安全も保証してもらわなくてはならないので、いっそう慎重に選ばなくてはならない。シオは、ずしんと重い責任感すら感じた。迫り来る30代をどう生きていくのか、最初の関門の前に立ったような気分だ。シオは濃い紫のディルドを置いて、アイボリーとピンクを交互に光に照らしてみた。ウンビがそんなシオを見てくすくす笑ってこう言った。
「女の子はピンク」
「やめてよ」
シオは一緒に笑いながら、ピンクのディルドを棚に戻した。こうして手には、薄いアイボリーのディルドが残った。
シオが決定すると同時に、ウンビの本格的な探索が始まった。ウンビはディルドのコーナーを出て、店の奥の、ドアのない小さな部屋に設けられたSMコーナーに入っていった。そして全身タイツや鞭、手錠などの観察に余念がない。シオはアイボリーのディルドを持ってカウンターに向かった。小さな倉庫に何度も出たり入ったりしていた社長が、満面に笑みをたたえてシオのところへやってきた。
「決まりましたか？」
社長の声は、「えらい！」という無言の激励がこもっているみたいに優しかった。シオは微笑を浮かべて、アイボリーのディルドをカウンターの上にそっと置いた。
「これにしますね」
「ちょっとお待ちください、すぐ新品をお持ちしますから」
シオは、わざわざ陳列品をカウンターまで持ってきてしまった自分が恥ずかしくなってきた。それで、社長が新品を探しに倉庫に行っている間に素早くディルドを陳列台に戻し、小さくため息をついた。倉庫から出てきた社長は、箱を2つカウンターの上に置いた。シオはめんくらって箱を見おろした。

「どうしましょ。アイボリーが在庫切れで」
2つの箱は、シオが選ばなかったピンクと濃い紫のものだった。社長がとても気の毒そうな表情を浮かべ、シオは困った顔をしてもいいのかどうか、判断がつかなかった。
「ちょっと、いいですか」
シオはまだSMコーナーにいるウンビのところへ走っていった。
「まだ見てる？」
「私、これ買おうかなと思って」
ウンビは、マネキンが着ている全身網タイツを撫でた。
「これ、赤と黒があるんだけど、どっちがいいかな？」
「それより、どうしよう？　私もあなたもアイボリーがいちばんいいと思ってたじゃん。でも今、ピンクと紫しか在庫がないんだって。アイボリーは品切れなんだって。どうしよう？」
シオが困った顔をすると、ウンビはそっと網タイツから手を離した。
「ちょっと待って、考えてみる……。ピンクはピンクすぎるし、紫は暗すぎたよね」
「その通りなんだよ……」
2人はしばし想像をめぐらせ、遠くを見つめた。
「それでも……」
イメージトレーニングを終えたように、ウンビが先に口を開いた。
「それでも、ピンクの方がましだよね？」

やっぱり心の通じる友だちは最高だ。シオは、ウンビとこんなに気が合うことを再確認できてとても嬉しかった。

「ピンクにします」

ウンビと一緒にカウンターに戻ってきたシオが、一段と明るく堂々とした態度で言った。

「そうなさいますか？　アイボリーがご希望でしたらお取り寄せもできますよ。長くても2週間あればお渡しできます」

「いいえ、私、絶対今日買いたいんです！」

シオの返事が面白かったのか、社長は声を上げて笑った。楽しそうなその笑い声を聞くとシオも嬉しくなり、ウンビと肩をそっとぶつけながら一緒に笑った。3人の女性どうしの秘密めいた、いたずらっぽい雰囲気がしばらく行きかった。最初からそのつもりで来たとはいえ価格はかなりなもので、カードの端末機にサインをするとき胸が震えた。シオは、重大な任務であることがばれないようにわざと軽やかに振る舞うスパイみたいに、体をひらひらさせてサインを終えた。そんなシオの決断力に感服したというように、ウンビが隣でぱちぱち拍手する。社長が動かし方と注意点を教えてくれた。一度にあまり長時間使ったり、奥に入れすぎたりすると子宮の健康に害を及ぼすこともあるという注意事項も続いた。ゆっくりうなずきながら聞いていたシオが控えめに、バイブレータを初めて使うわけではないと言うと、社長はすぐにウィンクして共感を表した。

「私もこの製品使ってるんですけどね。開発者が女性だからか、実際に使う人の目線で使い心地に配慮されていて、とっても優れものですよ」
シオは改めて自分の選択に自信を持った。社長が二人に、コンドームやジェル、クリトリスの絵がついたキャンディなどの入ったギフトセットをくれた。
「もしも異常や問題があったら、いつでも持ってきてくださいね」
社長は最初から最後まで信頼に足る態度だった。シオはこの堂々とした女性が経営するお店が繁盛しますように、そして永遠でありますようにと祈りながら外へ出た。

*

ピンクのディルドは、6種類の振動モードに温熱機能と防水機能を備えており、短い充電でも長時間使用可能だった。やっぱり30代は20代とは違っていたが、シオはディルドと一緒にがんばることができた。ところが、1年経ってディルドがときどき異常反応を見せるようになった。絶頂に達するころに予告もなく振動が止まったりするのだ。そのつど、手のひらを当てて何度か振りおろすとブルブル震えて振動を開始する。シオは不安な気持ちで、そのようにして何か月かもちこたえた。だがディルドはそれにさえ免疫がついたのか、手のひらが赤くなるほど振っても反応が鈍くなり、ある日完全に止まって二度と動かなかった。
すぐに交換するか修理に出したかったが、お店の位置がはっきり思い出せなかった。ちゃんと時間を作って行かなくてはならないけれど、行こうと思うたびにもっと急ぎの用事ができてしまう。心の中での優先順位が下がったわけではないが、仕事上の問題でいつも足をすくわれる。それでも万一の場合に備えて箱を捨てずに取っておいて幸いだった。シオは、本来の機能を失ったディルドを箱に入れ、よく目につくようにドレッサーの上に乗せておいた。ディルドはしばらくそこで埃をかぶっていた。

そしてディルドを買った日から正確に1年4か月めに、あの、はっきり思い出せない場所にあるラブグッズ店に行く機会ができた。その近くで打ち合わせをすることになったのだ。前に一度シナリオの仕事をやったことがあるプロデューサーのクァンジョから業務関係の連絡が来たのは久しぶりのこと。打ち合わせの場所があのお店から1ブロック離れたカフェだった。シオは快哉を叫び、ディルドの箱をリュックに放り込んだ。10分ぐらい早く行って、故障したディルドを預けてから約束の場所に行くつもりだった。「異常や問題があったらいつでも持ってきてくださいね」と社長が請け合った言葉を思い出しながら、ディルドを入れてぱんぱんのリュックと同じくらい、シオの心もふくらんでいた。

*

「買ったとき、問題が起きたらいつでも持ってきてっておっしゃってたので」

シオは白いカウンターの上に赤いリュックをおろした。いつも背負っているリュックが、今日に限って照明の下でまだらに見える。すぐにリュックを開けて中から箱を取り出した。

カウンターの後ろに疲れた表情で立っていた店員は、シオのリュックにも、そしてリュックから出した箱にも全く関心を見せなかった。堂々たる態度で信頼を感じさせてくれた社長の姿はどこにもない。

「ここで買われたんですか？　いつですか？」

店員がカウンターにもたれたまま、シオが取り出した箱をちらっと見て尋ねた。

「ちょうど1年4か月前にここで買ったんですよ」

シオはできるだけはっきりと、自信がありそうに見せようと努力しながら答えた。

「1年をはるかに過ぎてますねえ。そうなるとどうしようもないです。保証期間は普通、6か月から1年ですから」

「え？　買ったとき社長さんが、いつでも持ってきてくださいっておっしゃったんだけど……」

「それが最長1年なんですよ。中に入ってた保証書、ごらんにならなかったんですか？」

「じゃあ、どうすればいいでしょう？　故障して動かないんだけど……」

「新しいのをお買いにならないと」

「じゃあ、この子はもう使えないの？」

「はい、どうしようもないですね。本社に送って修理するサービスは今、やっていないので」

ここで買ったことを証明して預ければいいと思っていたのに、計画が総崩れになってきた。まもなく打ち合わせの時間で、急いで新しいディルドを買うには時間も心の準備も足りない。特に、お財布の準備がいちばん足りてない。シオはそれでも、すぐに買ってもよさそうなものがあるだろうかと棚をすばやく見回した。だが、前に買ったときの経験を思い出すと、こんなに焦って決めるべきではないという気がする。今日はショッピングを応援してくれる友だちもいないし、店員の鋭い目つきのせいで妙に気持ちが萎縮してしまう。シオはまた今度来ると約束して店員にあいさつすると、外へ出た。終始一貫冷たい態度だったその店員からは、一言のあいさつもない。シオは重い足取りで、1ブロック離れたカフェへ向かった。

*

映画会社の企画プロデューサーであるパク・クァンジョの方から提案された打ち合わせだった。しばらく長編映画のシナリオの仕事はなかったので、シオは内心この打ち合わせに期待していた。長編の仕事はタフな業務だが、その分だけペイもいい。まずは生計をちゃんと立ててこそ、新しいディルドも買えるじゃないか。シオは緊張とともにわくわくしながらカフェに入っていった。

「先生！　こっちです、こっち！」

シオが入り口できょろきょろしていると、中からクァンジョが手をぱっと上げて大声で呼んだ。

「あ、パクさん、早くいらしてたんですね。私、遅刻じゃないですよね？」

シオはそのテーブルに近づいて明るく声をかけた。クァンジョの隣には初めて見る男性が座っていた。

「こちらはTOBコリアの……」

「こんにちは、カン・ウデです。先生のお名前はパクさんからよく聞いています」

男性は椅子からさっと立ち上がって、シオに名刺を渡した。シオは予想もしなかった人物の登場に驚いたが嬉しかった。細い金の縁取りが印象的な白い名刺には、社名と名前だけ。それだけで十分だという自信のようなものが読み取れる。カン・ウデは業界人なら、いや、映画やドラマに関心のある人なら誰もが知っている名前だった。シオが何度もくり返し見たドラマ「オフィス・ライフ」を制作したのも、1000万人動員の大ヒット映画を次から次へと手がけたのも彼だった。シオはインタビュー記事で見た「1000万の手」というキャッチフレーズを思い浮かべながら、名刺の縁取りを触ってみた。

「こんにちは、パク・シオです。初めまして」

シオはどきどきするのを隠して、落ち着いてあいさつした。

「どうぞおかけになって」

カン・ウデ社長が先に座り、続いてシオが向かいに座った。

「飲みものは私が注文してきますから。先生はラテでしょ？」

テーブルの上には、カン社長とクァンジョが飲んでいたコーヒーが半分くらい残っていた。

「はい、私、行きますよ」

「いいですよすぐですから。お2人でゆっくり話しててください」

クァンジョが飲みものを注文しに行くと、しばらく沈黙が続いた。どんな話を切り出すべきなのだろうか、シオは頭の中でふさわしいせりふを思い浮かべた。カン社長は余裕のある表情でシオの顔をじっと見ている。

「パク先生は……」

「はい？」

「シナリオ作家には見えませんね」

「え、そうでしょうか……」

「すごくスタイルもいいし、スリムですし。あんまり食べないんでしょう？」

「いいえ、そんなことありませんけど」

「たくさん食べた方がよさそうだけどなあ」

調子の狂うこの会話に、シオはどう返事をしていいかわからなかった。彼なりのアイスブレイクなのだろうが、どう反応すべきなのか困ってしまう。シオが答えに悩んでいると、幸いクァンジョがトレイを持って戻ってきた。

「はい、ラテどうぞ。それとパンも頼みましたよ。食事をされてないだろうと思って」

「ちょうどその話をしてたんですよ」

カン社長がさわやかに笑った。シオは無言で、お皿に乗ったスコーンをちょっとむしって口に入れた。クァンジョの言った通り朝ごはんは抜きだったが、おなかはすいていない。口の中でスコーンがぼろぼろ崩れてのどに詰まる。シオがコーヒーを一口飲む間に、カン社長はにっこり笑いながらクァンジョに目で合図した。するとクァンジョは、椅子の横にかけてあった紙袋から本を何冊か取り出してテーブルの上に乗せた。シオはスコーンとコーヒーを一息でぐっと飲み込んだ。

「マンガですね？」

クァンジョが一冊を取ってシオに渡した。

「私からざっとご説明しますね。カン社長が映画化のために版権を取得されたマンガなんです。内容を見ながら説明を聞いていただければと」

カン社長が割り込んだ。

「絵柄が野生的ですが、それがこのジャンルの特性ですから、そこのところは考慮に入れてくださいね」

シオはマンガの表紙をよく見てみた。顔が拳ぐらいなのに比べ、胸とお尻が何倍も大きくて突き出している女性キャラクターが盛んに身をよじり、めがねのつるをくわえていた。表紙をめくると中から長い紙がひらっと落ちた。キャラクターのポスターがはさんであったのだ。表紙で顔を見た主人公の全身が描かれている。体の凹凸がはっきり出たひらひらの超ミニワンピースの下に長く伸びた脚の間から、水が何筋も垂れている。シオはクァンジョとカン社長の視線を感じて表情をとりつくろった。まだ内容も知らないのにむやみに決めつけているような印象を与えてはいけない。シオはとりあえずポスターをたたんでページの間にはさみ、本をめくっていった。

「絵柄はちょっとエロいですけど、内容はごく健全ですよ」

カン社長が豪放磊落な声で説明を始めた。

「この女性がエロ小説作家なんです。ここまではそれほど斬新じゃないのに、なぜこのキャラが熱狂を集めるのか。自分の職業への心構えがすごくプロ精神に富んで、徹底しているからなんですね。一般人が抱きがちな偏見や色眼鏡にも負けず、ひたすら作品のためにさまざまな人生経験を積み、同時に、小説の完成度を上げるためにもいろんな経験や実験をしていくんですが、それがまたすごくかっこよくて面白いんですよ」

「版権も取得されるとは、相当に面白かったんですね」

クァンジョが横で熱心に相槌を打つ。

「この作品を見るなり、これはいける、我々の社会にもこういう作品が出てくるようになったんだなあと思いました。韓国の観客にもこういう、健康的な女性のセックスを目にするときが来たんだと」

「健康的な女性のセックス、ですか？」

シオはマンガを目で追いながら尋ねた。

「はい。このように開放的で健康なセックスライフ。秘密にしたりタブー視するんじゃなくて、自分の仕事を堂々とこなしながら、セックスも堂々と楽しむわけです。これまでこういう女性キャラを目にする機会はほとんどなかったでしょ、韓国の観客は。でも、今やこういう女性キャラが登場する時代になったんですね」

シオは、カン社長の話のうち、できるだけ肯定的なニュアンスだけに注目しようと努力した。

「堂々とした女性主人公はいいですよね。この主人公は、男性向けのポルノ雑誌にエロ小説を連載してるんですか？」

「それでまた、むちゃくちゃに斬新な設定なんですよ。主人公の担当編集者が男なんだけど、その人が童貞なんです」
「童貞ですって？」
「そこにまた逆転現象があるんですよね、社長」
　クァンジョがすごく大事な情報を教えてあげようとでも言いたげに、あわただしく割り込んだ。
「そうそう、このエロ作家が、ふたを開けたら処女だったってこと！」
　カン社長とクァンジョは面白い映画でも見たように顔を合わせて笑った。
「え？　処女？」
　シオはこの会話をどう続けたらいいのか混乱してしまった。
「申し訳ありませんが、どうしてこのマンガを映画にしたいと思われたのか理由を伺ってもよろしいですか？」
　カン代表は高笑いをして、椅子にもたれた。
「そうですよね、先生。気になることがあったらこの場で何でも聞いてください」
「私、どのへんに共感すべきかちょっと見当がつかなくて」
　カン社長は笑いをさっと引っ込めた。
「どのへんに共感すべきかっていうと……」
　カン社長の視線をうかがっていたクァンジョがおずおずと口を開いた瞬間、社長が話を引き取った。
「先生ね、私はこの業界じゃ相当に経験も長いわけですが、そんな私が感じるところでは、最近この業界には、女性たちのいい物語を作っていこうという流れがあります。たぶんご存知でしょうが、Me Too とか何とかでいろいろ言われてるじゃないですか。それで男の監督たちの腰が引けてましてね。映画は作らなきゃいけない、でも監督はびびってるってわけで、それで私の立場としては決断を下さなくちゃいけないんですよね。でも、もう申し上げましたが、私はフェミニストではありません。それは確実です」
「はい？　何でそのことが確実だっておっしゃるんでしょう……」
「一緒に仕事をするなら、押さえておかなくてはならないことがありますからね。私はフェミニストではありません。ですが、今は女性たちがリードする時代だというのはその通りなんで、そこで私が活躍の場をご提供しましょうというわけです」
　クァンジョが割り込んで交通整理に入る。
「社長、私が整理してみましょう。社長は優れた見識と感覚によってこのマンガの版権を買い取られたと。そして、時あたかも女性の物語を作るべき時代がやってきましたと。そうですよね？　そして、パク先生は女性たちの物語を特別に面白く上手に書ける方である、と。そうですね？」
「女性たちの物語、ですか？」
「パクプロデューサーが前から、先生をすごくほめてましてね。女性たちの物語を上手にお書きになると。何だったっけ？　先生がこんなことをおっしゃったそうですね、女が2人いたらそれだけでも一編の映画になる、だったかな？　非常に面白い観点です。でも一つ心配なのは、先生があんまり商業的なマインドを持ってらっしゃらないことで、そこだけは短所ですね。でもその部分は私どもが一緒に仕事をしていく中で補っていけますから」
「この機会に、その限界を飛び越える覚悟で、一緒に新しいチャレンジをしてみたらどうかと思って今日、私がこの席を設けたんですよ、先生」
「私はこんなに若くてすてきな女性の方と仕事をしたことがないので、まだ先生にどう対応していったらいいかよくわからないんですが、人間関係というものは、お互いに合わせながらやっていくものですからね。頑張ってみましょう」
カン社長がいきなり手を差し出した。シオがじっとその手を見ていると、社長はすぐに手を引っ込めた。
「私はスキンシップが好きなもんで、失敗するところでしたね。最近は女性の皆さんにちょっと間違ってぶつかっても大騒ぎだからなあ……こっちは大いに女性の味方なんですけど、最近の女性とうまくやっていくのは難しいですね」
「難しいというより、怖いですよ」
クァンジョが相槌を打ち、シオの困惑は次第に深まった。そこで、混乱した心を落ち着けるためにまたマンガに集中してみることにした。もしかしたら何か見落としていたかもしれないという気もする。ページをめくっていくと主人公が自分の職業観を語る場面が出てきたので、注意して読んでみた。そんなときにも主人公は半分裸みたいな服装だし、乳首が強調され、脚の間からは水が垂れているので、内容に集中できない。それでも1巻めを全部読んでみたが、見たところ、主人公が服をちゃんと着ている場面はまれだった。
「社長、どう見てもこのマンガ、男性向けポルノですけど？」
シオは1巻をちょっと離れたところへ押しやり、次の巻を手に取った。
「絵のせいでまだそう思うんでしょうけど、開かれた心で全体の流れを見てくださらないとね。バージンのエロ作家が自分の信念に従って処女性を守りながら、開放的なセックス体験を通していい作品を書いていく、その過程に童貞である編集者が参加して2人は本物の恋に落ちる、そして処女と童貞が真の初体験をすることになる。このストーリーがどうしてポルノってことになるんです？」
「そうですよ。これこそ健康なセックスコメディでしょう」
カン社長とクァンジョは、前もって口裏を合わせてきたみたいに、呼吸がピタッピタッと合っている。
「ひょっとして先生は、セックスの話が特に苦手だとか、そういうのがあるんですか？」
「え？　どういうことでしょうか？」
「先生の反応を見ていると、こういったライフスタイルに拒否感とか先入観をお持ちなんじゃないかって気がしますね。唐突だけど」
カン社長が同意を求めるようにクァンジョに視線を送った。
「先生はもう、文章ばっかり書いていらっしゃるから、生活者の感覚から遠ざかっているところがあるんじゃないですかね。これは、こういったジャンルの特性として受け入れていただかないとね。マンガというものはどうしても、文章よりは直接的な表現メディアですから」
「いいえ、私マンガ好きですし、生活者としても幸せに暮らしてますよ。それと、私がセックスをどう考えていようと、主人公が健康で楽しく暮らしてるんなら全然問題じゃないですよ。だけど、こんなに年がら年中脚の間から水が垂れてたり、仕事の打ち合わせ中に編集者の前で胸が服から飛び出してきたりしたら、日常生活が全然成り立たないと思うんですよね。ほら、ここですけど、主人公本人もすごく困ってるみたいじゃないですか？」
「それは、このキャラがものすごく胸が大きいからどうしようもないんですよ」
　シオはマンガをぱらぱらめくっていって手を止め、2人に見えるようにテーブルの上に置いた。
「このせりふをちょっと読んでみましょうか？『先生、初めて会ったときから淫乱だとは思ってましたけど、ほんとにメス犬みたいによく感じるんですね。先生のこと思いっきりいじめてあげたいなあ』って、何でメス犬が出てくるんでしょうか？」
　カン社長は終始一貫浮かべていた余裕のある微笑を引っ込め、急にポケットを探って携帯電話を取り出した。
「あれっ、何でこんなにメッセージがいっぱい来てるんだろう。製作発表会からすぐこっちに来たもんだから、連絡事項だらけだ。ここに来る時間もやっと作ったんだけどね……」
　クァンジョはカン社長の顔色を見ながらお尻を上げた。
「ただでさえ封切りがあって大忙しですものね、それじゃ、私と先生とでよく作品を調べてみて、すぐにご連絡さしあげることにします」

そしてカン社長が椅子からお尻を上げた瞬間、シオはテーブルの上に音を立ててリュックを置いた。そしてリュックを開けると、中から大きな箱を取り出した。2人はシオの勢いに押されたように中腰になり、また椅子にお尻をつけた。シオは落ち着いて箱を開け、故障したディルドを取り出した。そして柱の部分を立てて持った。カン社長とクァンジョはその品物の用途がわかったらしく、驚愕の表情を浮かべると、すぐにこわごわとあたりを見回した。

「私、ここに来る前すごく忙しかったんです。これ、隣のブロックにあるラブグッズ店で買ったディルド形バイブレータなんですけどね。ちょうど1年4か月前に頑張って買った愛用品なんですよ。本当はアイボリーが欲しかったんだけど、在庫がなかったからピンクにしたんですけどね。とにかくこの子が、1年とちょっと使ったらちゃんと振動しなくなっちゃったんです。見てください、電源を押すと電気はつくけど、柱が振動しないでしょ？　これが振動してくれないとちゃんと感じられないんですもんね。これを買うとき、お店の経営者が、問題が起きたらいつでも持ってきてくださいって言ったんです。それで今日また行ってみたら、ものすごく不親切な店員が、保証期間が過ぎてるからって取り合ってくれないんですよ。それで私、これ持ったままやっとここまで来たんですけどね。完全にコメディでしょ？」

クァンジョがめんくらった表情を隠しつつ、無理に笑ってみせた。
「パク先生、急にこんなものを持ち出しちゃ……」
「いけませんか？　今私が言ったことって、健康な女性が主人公のセックスコメディ映画とかけ離れてます？」
　カン社長が失笑をもらした。
「先生、主人公になりたいんですか！　いくら何でも先生が自分で主人公役を演じるのはちょっと難しいですね。あえておやりになるなら、ヒューマンドラマ？」
　シオはテーブルの上のマンガ本を取り上げた。そして、片手に持ったマンガ本と、もう一方の手に持ったディルドを2人の前に交互に突き出した。
「こっちは健康な女性のセックスコメディ、そしてこっちがヒューマンドラマって、そうおっしゃってるんですよね？」
　シオは自分の両手を見つめているクァンジョとカン社長の顔を代わる代わる見た。そして、マンガ本とディルドを重ねてテーブルの上に置いた。
「この2つのジャンルが重ならない理由は何でしょう？　私の脚の間から水が垂れてないから？　胸が服を突き破りそうに飛び出してないから？　または、めがねのつるをくわえて喋らないから？」
「先生、だからー、絵柄にとらわれないでくださいよ」
「絵柄のせいでないんだったらもっと気になるんですけど？社長は、これが映画化されたら主人公がどんな恰好か想像されたと思います。その主人公がエロ小説作家じゃなくてシナリオ作家だとして、今、この席に私ではなくその人が座っていると思ってみてください。そしたら、今のこの場面はセックスコメディになりますか？」
「今回の主人公はそんな、先生みたいに、怒ったりしなそうですけどね」
「まだ外見や態度の問題だと思ってらっしゃるみたいに聞こえますね。そして、私は怒ってるんじゃなくて、制作される映画について意見を申し上げています。さっき、女性たちがリードする時代だとおっしゃったのに、私がちょっと意見を出したら怒ったと思われるんじゃ困ります」
　言い終えたシオはディルドを箱にしまった。カン社長はさらに状況がつかめなくなったらしく、呆然とした顔だ。クァンジョは隣でうろたえ、2人を交互に見つめている。
「社長、先生はこんなきついことは言いますけど、シナリオはものすごく上手に書いてくれると思いますよ」
「そうですか？　このセックスコメディの主人公は、打ち合わせが終わったら友だちとご飯を食べに行くんですけど、それでも映画がグルメ映画じゃなくセックスコメディになるようにするにはどう書くべきか、悩みますね。主人公が夜はサウナに行くんですけど、サウナ映画になったら大変ですもんね。あ、それと、童貞の編集者と恋に落ちる結末だとおっしゃいましたが、最終的に恋愛映画になったらいけないでしょ。絵柄と関係なく、主人公が何をしてもセックスコメディになるように書くのは……思ったより難しそうですね」
　シオはリュックを背負って立ち、黙って頭を下げた。
「とはいえ今日は、職業的にも性的にも健康で発展的な会話ができて楽しかったです。今後も私が新しい文章を書いて新しいディルドを買えるように、いろいろとよろしくお願いいたします」

シオは後ろも振り向かずにカフェを出た。カン社長がクァンジョに向かって何か怒鳴っているようだったが、聞きたくないので、カフェが視野から消えるまで早足で駆けるように歩いていった。いつの間にかあたりの風景が変わって、顔を上げてみると、打ち合わせの前に寄ったラブグッズ店の前だった。不親切な店員はおらず、他の店員がカウンターの前でうつむいたままくすくす笑っていた。よく見ると、その人はマンガを読んでいた。その人が見ているマンガ本がさっきのマンガと重なってくるようで、シオは強く頭を振った。

不意にリュックが重く感じられた。故障したディルドをそのまま駅の中のゴミ箱にでも捨てていこうかと思ったが、シオは首を横に振った。この1年間ともにしてきた時間を思い出すと、そんなことを思ったのが申し訳なくなってくる。しかも他の人の手で始末されるなんて、考えるだけでもまるですっきりしない。家に帰ったらすぐに、次のディルドを手に入れるまでまたドレッサーの上に置いておこうと心に決めた。それを見ていたら、本当にセクシーなコメディ映画を一本書けそうな気がする。その映画では、主人公のディルドが10年経っても故障しないことをシオは願った。シオは、主人公が感じることになる10年分のオーガズムを想像しながら、素早く地下鉄の駅へ降りていった。

あなたの能力を見せてください

LGBTQIA＋

何年か前から、私の教えている学生たちが自己紹介の時間にこんなことを言うんです。

「私はジェンダークィアです。私はバイセクシュアルです。私はポリアモリーです。ジェンダーフルイドです。アセクシュアルです。クエスチョニングです」

初めは「あ、そうなんだ」って流してたんです。最近の青少年たちの間で、自分の性同一性とか性的指向を語るのがどういうことなのか正確にはわからないけど、とにかく私の授業に出てくる学生たちが何でもないことみたいにそう言うから、ただ「そうなんだ」と思ってました。その話を40代のゲイの友だちにしたら、彼が目をひんむいてびっくりするんですよ。

「そんなこと言ってんの？　人前で？　私なんか一生隠そうとして必死だったのに？　それでもなぜかみんなに知られて、むっちゃたたかれたのに？」

学生たちと一緒にいる時間が長くなればなるほど、私が彼らの言ってることの正確な意味を知らないせいで、会話するのがだんだんしんどくなってきたんですよ。初めは、いくつかの単語を知らないからってこの世の中を生きていくのに問題はないだろうと思ってスルーしてたんだけど、だんだん、これじゃだめだと思うようになって、学生たちに聞いてみたり、メモしておいて友だちに聞いたりもしました。性的少数者の友だち何人かが、勉強に役立つ資料を送ってくれたりしたんで、それを読んで暗記したりね。でも、勉強するうちにだんだん、こんなふうに思えてきたんです。
　私はシスジェンダー、ヘテロ女性、なのか？　ほんとにそうなのか？

私は中性だ

　ある女性アーティストがインタビューで「私は女性でも男性でもない、中性だ」と言ったのを見て、私のまわりの性的少数者の友だちがすごく笑ってたことがありました。ただ笑うんじゃなくて、あざ笑ってましたよね。性同一性のために一生闘いつつ生きている人々がこんなに存在してるのに、「中性だ」なんて言葉をあんなふうに、雰囲気だけで言っていいのか、ってことでしょ。その批判を聞きながら内心、びくっとしたんです。
　私は小さいときから、自分が男性ならよかったと思って生きてきました。でも、どう見ても女性に見える体を持ってるから、「じゃあ、私自身は中性だと思って生きてみよう」って決心したんですよね。どっか行って「ねえみんな、私は中性だよ」なんて言ったことはないけど、社会で「女性的」だと言われているイメージを避けようとして努力したんですね。例えば、ウエストを絞ったブラウスや、レースがついた下着を買わないとかですよ。それと、ブラはずーっとしなかったですね。でも、社会が女性の乳首に付与している意味が大きすぎるもんだから、ブラをつけずに生きるのは簡単なことじゃないんですよね。女性男性問わずまわりの人たちから、「ブラしなさいよ」って、ほんとに何度も忠告されました。それだけじゃ終わらず、「頭の変な女」ってさんざん罵倒《ばとう》もされたしね。そのたびに、体の他のところよりちょっと肉が多かったりちょっと色が濃かったりするだけの、胸と乳首というこの部分はいったい何なんだろって思いましたよ。ここにいったいどういうコンテクストと価値があって、こんなに大勢の社会の構成員が乳首を取り締まろうとするんだろうって。

それに、あんなに私にブラしろって忠告した人たちが、ちゃんとブラをしてる人を「ブラの紐《ひも》が見えてるよ」ってまたとがめるんですよね。ブラは絶対しなくちゃいけないけど、ブラの紐は見えたらいけないってこと？　いったい胸とは何で、ブラとは何なのかという疑問がだんだん大きくなるばかりで、今もすっきりしません。あ、急に思い出したんだけど、私の小さいときのあだ名は「パンツベラ」だったんですけどね。家でパンツ以外に何も身につけたくなかった私にお父さんがつけたあだ名です。それは今も同じです。私がずっとパンツベラ生活をしてきたことについて、何人かの恋人たちがこんなことを言いました。

「お前はいっつも脱いでるから、いざセックスするときに興奮しない」

セックスっていうのは、ずっと隠してるところを見せるからいいんですかね？　それなら、セックスの必要条件としていつも出てくる「顔」は必要じゃないんですかね？　だったら、キスは何でするんでしょう？

さっき話してた中性の件に戻りますね。私は男性にはなれないと思い、中性だと自分を偽って生きてきた女性です。結果的に、私が生きてきた方法は「名誉男性」と呼ぶのがぴったりあてはまるみたいですね。私は自分に中性だと暗示をかけ、大勢の男性集団とうまくやれる人になろうとして頑張りました。私はその中で唯一の女性だったんです。そのことを私も知ってるし、その集団の男性たちも知ってました。でも、私は典型的な女性の役割をやりたくなかったし、男性集団の独特な絆《きずな》を壊したくもなかったんです。もしかして私のために変化が起きたらと思うと怖かったから、「私はあんたらが考えてるみたいな女じゃないんだ」ってことを証明しようとしました。例えば他の女性たちを性的対象化して、品評したり、セックスの経験談を誇張して自慢話をしまくったりとか。

その結果がどうだったと思います？

私の努力とは関係なく、男性たちは相変わらず私を女性と認識してたんですよね。それも「恋人にするにはちょっと困るけど、うまくおだてれば俺と一度ぐらいは寝てくれる女」としてですよ。私は男性たちが気まずく感じないように気を遣ってそこに交じっていようと努力しただけなのに、いつのまにかその男性集団の一人一人と喜んで寝てくれる女になってたんです。そんな状況でももちろん、こんなの全然問題じゃないみたいに、むしろこれ以上ないくらいクールな態度で、相手が居心地のいいように、努力したんです。

その結果がどうだったでしょう？

今、皆さんの前に立っている私はどう見えますか？　人生への満足度が高く、主体的で、ユーモア感覚あふれる『セックス・アンド・ザ・シティ』のサマンサみたいに見えます？　または、内面はぐっちゃぐちゃに腐ってんのに、どうにかして死なずに生きてみようとしてじたばたしている人みたいに見えます？　『セックス・アンド・ザ・シティ』のサマンサは想像上の人物だし、私は想像上の人物じゃないからね、だから結論は、後者だと申し上げたいですね。

とにかく、そんなふうに誰とでも寝てあげていた私の20代は過ぎ去り、30代の私は家とアトリエに縛りつけられた地縛霊みたいにして暮らしています。セックスというものに絶対量があって、「前、いっぺんに山ほどしたから、今は休むとき」みたいな方程式が成り立つわけでもないと思うけど、20代のとき立てていた目標（わかるでしょ？　男性集団とうまくやれる人になること）とは違い、結果（男性たちのセックスパートナーになること）は惨憺《さんたん》たるものでした。その失敗の経験が、今、家とアトリエの地縛霊になるべく私を導いたんだと思いますね。

私の授業で自己紹介をした学生たち、そして私の性的少数者の友だちはどう思うか知りませんが、私はいつもこの社会で女性と呼ばれてきました。だけど今になって、自分自身、自分をどう呼んだらいいのかわからないんですよ。わからなくてもいいんですかね？　そうだったらいいのにね。男性、女性しか選択肢がない出入国カードの前では相変わらず、どっちも書くわけにいかないから女性って書いてますけどね。そう書くたびに、何だかわからない怒りとむかつきがこみ上げてきますけど。

無料ホステス

ホステスとして働いてきた友だちに聞いた話を思い出します。ホステスクラブのマダムであるお母さんと、暴力団員のお父さんの間に生まれた友だちは、「この世でお前にできる仕事はこれだけ」と言うお母さんに導かれて、10代のときからハイヒールをはいて化粧して、ホステスの仕事を始めました。

ようやくかき集めた自尊心はお母さんとお客さんによってめためたに壊され、毎日お客さんの相手をしながら、自分の口から出る嘘の名前と嘘の話を覚えておこうとして彼は頭が割れそうだったんですって。お客さんは、それが嘘だということに薄々気づいているのか、彼にこんなことを言ったそうです。

「本当の君を知りたいよ」

何で彼らは、ホステスとして働く限り嘘をつくしかないんだってことがわからないのか、友だちは理解できなかったんですって。「本物」だったら、彼らが吸ってるタバコの銘柄を覚えたり、つまんないジョークを笑ってほめたりするはずもないのにって。

ある日友だちが、今もお母さんがマダムをやっている歌舞伎町のクラブに連れてってくれました。私たちは従業員が出勤する前の昼間の時間にこっそり入って、店の内部や屋上を見物しました。屋上に行く階段は狭くて急で、何のせいだか滑りやすかったです。

「毎日ここに上ってきて、吐いてた。それから、そこの歌舞伎町の街を見おろしながら座ってたんだ」

定期的に男性ホルモン注射をしながらFTMトランジション中の友だちは、もうすぐタイに行って胸の手術をする予定です。

彼はすごく若いときにその仕事を始めたんですけど、お母さんに、あんたにできる仕事はそれだけだよって聞かされたため、自然とホステスを一つの職業と考えてきたといいます。だけど何年か仕事をするうちに、ときどき、お客さんが連れてくる女性たちが自分と全く同じ仕事をしてお金をもらってないのを見て、疑問が湧いてきたんだそうです。

何であの女性たちはただでホステスの仕事をやってるんだろう？

友だちはホステスとして働きながら、男性のご機嫌をとってあげてお酒を注いであげて話し相手になってあげて、彼らが自分の体を触るのを許してました。だけど、彼らがバーに連れてきて同席している女性たちは、他の職業についてるのに、自分の仕事を真似してるみたいに見えたそうです。だからって自分のようにお金をもらっているわけでもないのに。その疑問は友だちが水商売をやめて社会に出てからも続いたそうです。

その友だちが20代のころの私の姿を見たらどう思ったかな？　私は、外から見たら中性のイメージを持ってたわけですから。

創造プロセス

私が前にやっていた一人舞台を振り返ってみると、ずいぶん自由で好戦的な人間として自分を表現してたみたいです。舞台だけ見たらこれ以上ないほど人生を楽しんでいる、セックスを楽しんでいる人としてね。その舞台をやってから何年も経ってない気がするのに、私も自分がこんなに変わるとは思いませんでした。この変化のせいで頭も痛いし体もしんどいんです。だけどいちばん大きな変化は、私がセックスできなくなったってことです。すごくびっくりしたでしょ？　私もびっくりしてるんですよ。

変化はこの何年かの間に、ゆっくりやってきました。

自分自身の意志で、いろんな場所で、私がしてきたたくさんのセックスを思い出してみました。それを思い出すと、どう説明したらいいかわからないぐらい、たくさんの感情と考えが浮かんできました。あのとき私は幸福だった？　愛し愛されてた？　楽しかった？　それよりも、私はそれを望んでいたのか？

セックスした後、何も考えが浮かんでこないならいいんだけど、他のことは全部どけといて、いつもある疑問がつきまとってくるみたいなんですよ。

何でこんなふうにしかできないんだろう？　って。

この疑問とともに私がやってきた行為を再び思い返すと、凹っていう形になったところに、凸っていう形になったものを入れる動作を、何であんなに必死にやってたのかと思うけど、そのときは、それが愛の表現だと頑張って信じようとしてたんでしょうね。それはいつ、どこで学んだ公式なんでしょう？　私がやったたくさんのセックスの中には、その方程式で成り立ってなかったのもいっぱいあったから、今じゃあれが絶対的なものだとは信じていません。

それで最近は、セックス＝愛という公式の「セックス」欄《らん》に代入できる何かを探してるんです。そもそもみんな、新しいものを欲するときって、その理由はわかってないんですよね。愛する人と一緒にいる時間に、愛の表現をやりとりするために何をしたらいいんでしょう。体に何か入れることで愛を表現しなくちゃいけないなら、今までやってきた挿入とは違うことをしたいんですよ。耳の穴とか鼻の穴とか……あと、どこがあるんですかね。これも変なことですよね。何でこんなに穴を探すんだか……。

小さいとき遊んだ人形みたいに、人の体にも凹や凸なんかなければいいのに。もしも人を作ったのが聖書に書かれている通り神様なら、神様はどっち側なんでしょう？　凹側なんでしょうか、凸側なんでしょうか？　最初に作った人間が凸側だったから、ほとんどの神様もそっち側だと思ってるみたいだけど、ほんとにそうなのかな？　聖書には女性化された神が一人も出てこないらしいけど、じゃ、人間を作るとき、どうしてあえて凹を作ったんでしょう？　こんな神の創造の仕方は「クリエイティブ」だと考えるべきですか？　私にこの創造プロセスすべての審査が任されたら、私は神様にA～F評価のFをあげたいですね。

ですから神様、あなたの能力をもう一度、見せてください。

できれば来週までに見せていただければと思います。私は週末にも出勤してますから、日曜日に提出してくれても検討できます。

韓国人の韓国の話

「覚えとくべきことは何？　早く教えて」

ブリキのやかんに入れたマッコリを杯に注ぎながら私に催促しているこの人とは、20代前半に親しくしていた。私たちは「水曜会」という名前の会を作って、週に一度集まっていた。水曜会の目的は「目的なく集まること」だった。男女のカップル2組と在米韓国人一人から成る5人のメンバーは、戦争記念館でローラースケートをしたり、湖畔や川辺で敷物を敷いてお酒を飲んだりして遊んだ。何の目的もなく集まるんだからね、と余裕のあるふりをしていたが、いざ誰かが抜けると非難の声は大きかった。私は水曜会を3回ぐらい休んだが、そのたびメンバーの一人一人に電話で言い訳しなくてはならなかった。毎回、うつ状態だからという口実を立てた。そんな私に対してメンバーたちは冷たく、優しくしてくれるどころかすごく上から目線だった。水曜会は間もなく解体を迎えた。

「あー、韓国語ばっかり聞こえてきてうんざり」

韓国語を聞きたくないという不平を韓国語で言うこの人は当時、水曜会を休んだ私をいちばんきつく非難していた。水曜会が解体して間もなく、この人はロンドンに留学した。そしてロンドンで何年か勉強していたかと思うと、今はニューヨークで大学院に行っているという。ある日突然私が働いているカフェに現れて、そんなことを言った。韓国にちょっと帰ってきて、フェイスブックを探して私の働いているところがわかったと。7年ぶりに会ったこの人の笑顔の前で、私も微笑を浮かべてみせるしかなかった。

私は社長に頼んでちょっと早く退勤し、10年前に出入りしていた店に行った。古いマッコリ屋はこの間にリフォームを経て、新しい客層を迎えるようになっていた。前よりも激しくキラキラしている内装を見ると、この人は顔をしかめた。

「昔はそれなりに雰囲気があったのに、何でこんなんなっちゃったの？　韓国人ってどうして、そのままにしておくってことができないんだろう？　ちょっとー、何よ、あの壁。So cheesy.」

その人の口からは自然に英語が出てきて、これまでに第一世界で経験したとんでもない人種差別や、白人男性が持っているアジア女性への偏見について話してくれた。

「あいつら、私が何歳だか見当もつかないんだから。ひどいときは、未成年者だと思ってんだよ」

30歳を過ぎた私たちが未成年者に見える第一世界とは、どういうところなんだろう。私はその話を聞きながら、そこのイメージを自分なりに構成してみようと苦労した。

「それで私、アイラインが濃くなる一方なんだよ。私のことfucking babyみたいに見てるからさ」

この人は前からスモーキーメイクを好んでいた。前はもう少し薄かったと思うけど、今は上まぶたが全部黒いアイラインで塗りつぶされていて強烈な印象を与える。ずっとその目を見ながら会話しているとたまった疲れが押し寄せてきた。

「とにかく、最近いちばんhipなのは何？　誰？　どこ？早く教えて」
「そうだね、私も最近あんまり出歩かないから……」
「でも私はニューヨークから来たんだもん。私よりはあんたの方がくわしいでしょう」
それより、ニューヨークの話の方が聞きたかった。アジア女性への偏見があると言うけど、人種差別も相変わらずだと言うけど、それでもニューヨークはニューヨークのはずだから。そこで暮らして勉強するのはどんな感じなのか知りたかった。家も貧乏だし自分にもお金のない私みたいな人間には、留学なんて想像すらできないことだった。
「あんた大学院で何を専攻してるの？」
「Film marketing. でも、アメリカの学生って本当に間が抜けてるからさ」
「間が抜けてる？　どこが？」
「話してみると、アメリカ本土の子たちってほんとに間抜けだよ。何かこう、きついところが全然なくてさ。So naive. 韓国や第三世界から留学してきてる人たちはほんとに賢いけど」
「そう？　やっぱり私たちは恨《ハン》の民族なのかな？」
「プハー、その通りだ。あいつら、恨がない」
アメリカの若者がそんなに間抜けなら、どうしてアメリカで勉強しているんだろう？　私には、この人が映画を勉強しているというのも不思議だった。学部で私は映画の演出を専攻し、この人は芸術理論を勉強していたからだ。私は実技科、この人は理論科で、当時はこの人から私の作品への批評を聞くことがよくあった。この人は思ったより辛辣に作品を評価してくれたので、ときには怖くて作品を見せるのが嫌だったこともある。だが、それは作家としては避けられないことだと思ったので、批評は理論にすぎないと思って自分を納得させようと努めていた。

「あんたも映画作ってみたの？」

「うん、Short film 何本か。こんど戻ったらすぐ production を始めるんだ」

「そうなんだ？　どんなの作ってるの？」

「まあ、自分の話っていうか？　私とママの話かな？　何ていうんだっけ？　Something like mother complex?」

「マザーコンプレックス？」

「うん。私って、ママが怖いじゃん」

　そういえばこの人には門限があった。私たちは水曜会を作る前にも週に何度か一緒に遊ぶ仲だったが、この人は一度も一緒に徹夜したり、よその家に泊まったことがない。いつも11時前には家に帰った。私はちょっと前に家から独立して一人暮らしをしていたので、この人が帰った後も他の子ともう少し飲んで遊び、他の子の家で雑魚寝して、何日も後にやっと自分の家に帰ったりしていた。この人は、私たちが思いきり遊んでいるのがうらやましかったのだろうか？　それで、私が水曜会の集まりを何度か休むとあんなに怒ったんだろうか？

「ママそんなに怖いの？」

この人の留学は逃避だったのだろうか？　私の女の友だちの中でも相当数が、足かせのようなママから逃れるために独り立ちしたり、留学したりした。実際、私はママから逃れてずっと経っているので、怖かったかどうかもよく思い出せなかった。

「うちのママ、such a horror. 私がスモーキーメイクをするようになったのも、ママのせいだもん」

「どうして？」

「ママに見せてやりたくてさ。私も性悪だってこと」

そうだったのか。この人の分厚いアイラインがだんだん、もっと疲れるものに見えてきた。

「これ落としたら、ほんとに子犬みたいな顔になるよ」

「可愛いだろうね。私も見たいけどな」

「見たことなかったっけ？」

「うん。見たことないよ」

「ねえ、それよりさ、一度ニューヨークに遊びにおいでよ。うちに泊まればいいじゃん。そのとき見せてあげるよ」

「ニューヨークに行くお金なんかないよ。まだ学資ローンも返せてないのに」

「そう？　私はそれでも、ママが学費は出してくれた。代わりに私の自由はなくなったけど」

考えてみると、私も自分のママが怖かったみたいだ。手探りしてみるとそんな記憶が一個ずつ浮上してくる。ママは私が小さいころからひどいうつ病を患っており、そのせいか、体罰を与えるとき感情のコントロールができなかった。

家の中にあるものはすべて、ママが私に投げるために存在しているも同然だった。結局、何もかも体で受け止めるのに疲れて10代のときに家出して以来、二度と家には戻っていない。その当時持っていた何十万ウォンかで無理やり屋上部屋〔建物の屋上にさらに増築した部屋〕を借りた。当然、生活費を稼ぐためにバイトに駆けずり回らなくてはならなかったが、私が稼ぐはした金ではどうにもならず、4年間ずっと学資ローンを借りなくてはならなかった。ママは私が大学に行くこともよく思っていなかった。私が大学に行くのが嫌だったのか？　私が何かになるのが嫌だったのか？　私が何かになれると思ってはいたんだろうか？

「でもそのうちに、ママから自由になったんじゃないの？」

「Never. そのために留学したんだけど、全然だよ」

「全然なんてことある？」

「ママのお金で勉強してるわけじゃん。だから、お金をくれる人の思い通りにしなきゃでしょ。それって何て言うんだっけ？　Remote control? 完全に操縦されてるみたいなもんだよ。それにママがしょっちゅう来るんだもん、ニューヨークに」

「来て何するの？」

「何するって、私を監視するんだよ」

あたりまえでしょというようにこの人は言った。ママは、この人が作った映画を見たのかな？　急に気になってきた。

「あんたの映画、ママは見たの？」

「Of course not! 見せられるわけないじゃん！」

「あんたが映画撮ってることは、知ってるんでしょ」
「ママが出てくるのじゃなくて、1年生のときに撮った変なのがあるんだ、Experimental film. 何の中身もない、そういうの。それは見せてあげたよ」
　娘たちはいつまでママを怖がらなくちゃいけないんだろう？　逆に、ママたちはどうして娘たちを怖がらせるのか？　学部の実技の時間、実験として自伝的映像作品を作ったことがある。それを撮るために私はカメラの前に座り、10分程度のセルフインタビューをした。でも、後でその映像を見直すのが恥ずかしかったから、わざと軽い話だけをした。結局、私の話は軽すぎて、それを作品化するのは難しかった。勇気を出して暗い、恥ずかしい話をした人たちは最後まで力強い作品を作ったが、私にはそれができなかった。あの課題をもう一度提出できるなら私もママの話をしたい。私がいちばん怖い人。だけど愛さなくてはならないらしい人。それが嘘であっても、最後まで愛しているふりをしなくてはならないらしい人。
「私もママに自分の作品を見せたことないよ。見せること考えただけでもちょっと鳥肌立ちそう。何でかな？」
「あんたの作品を？　何で？　ヘテロの男と女が出てきて恋愛して終わりじゃん。あんたの映画は誰が見たって気を悪くしたりしないでしょ？」
　私の作品は「誰が見ても気を悪くしない」という評価には引っかかった。つまり、私の作品に何の力もないという意味じゃないか。誰の気にも障らないから何の印象も残さない、結局はこの世から消えても誰一人惜しいと思わないってことじゃないか。
「ちょっとー、そう言われるとすごく嫌なんだけどわかる？」
私は久しぶりに勇気を出してこの人に一言ぶつけた。今までこの人が芸術理論家ぶって評価の言葉を並べ立てるたびにずっと言いたかったことだ。この人だってもう理論学科でもないし、自分のママに見せられない実験映画も作ってるんだから、私と同じ立場じゃないか。
「うん、それはそうかもね」
「そうだよ。あんたもそんなもの作ってるんだったら、わかるでしょ」
「どういうこと？」
「あんたもママに見せてあげたんでしょ、何の中身もない映画」
その人は黙ってやかんを傾け、マッコリを注いだ後、ぐっと飲み干した。いい雰囲気ではなかった。だけど、同じ空の下で暮らしているわけでもないのに雰囲気だけよくしようと頑張る理由もなかった。
「だよね」
マッコリでのどを湿らせたその人がまた口を開いた。
「じゃあ、一度話してみようか」
「何を？」
「あんたも私も、ほんとに言いたいことは何なのか。何の中身もないことじゃなくてさ」
私が口をつぐむと、この人は準備してきたみたいにすらすらと言葉を続けた。
「私がほんとに言いたいのは、ママのせいで私がどんなにサイテーの人間になっちゃったかってことなんだけどね。そのことを言いたくて映画、撮ってるんだよ。あんたは何？　どうして映画やってるの？」
　この人はいつも私より話がうまく、タイミングをつかむのも私より上手だ。今回もそうなったようだ。
「話が上手だよね」
「何よ、からかってんの？」
「違うよほんとだよ。そんなふうにぱっと言えるのすごいと思って」
「あんたも正直に言いなよ。何で映画をやってるのか、そうやって何にも、誰にも影響を与えられない作品を作ってるのはなぜなのか、私みたいに言いたいことはもっとあるけどまだ言えないのか、またはそういうふうにしか言えないのか、一度言ってみなよ」
「言いたくないんだもん」
「何さ、幼稚だよ」
「私は言葉で言いたくないから、映画作ってるのに。あんたみたいに、何か言えって強制するような人たちと話したくないから映画を作ってるんだよ」
「何よそれ。話したくないから映画を作ってる？　なのに、その映画にも中身が全然ないなんて。じゃあ結局、どうでもいいことを言おうとして無理に映画を作ってるってことだよね？」

そうだった。私はどうでもいいことを言おうとして無理にお金と時間を使い、そのうえ人に手間をかけさせて映画を作っていた。本当に変かもしれない。だけど、それがどうだっていうの……。この人はママに何か言おうとしてニューヨークまで行って映画を作っているし、私はここでどうでもいいことを言おうとして映画を作っている。

私たちは2人とも変な人なのか、またはただ映画を作る人なのか。

「あんた、韓国語がうんざりって言ってたね」

「何よ？」

「それと、ここの内装が変わったのも嫌だって」

「それが何？　事実じゃん」

「でも、あんたは韓国人だよ。ニューヨークでママの話を映画にしようとしてる韓国人。それに、私たちはただこうやってしゃべってるだけのことでしょ。私は韓国語で考えてしゃべって、あんたは韓国語で考えて英語でしゃべって。あんたが考えるときも英語で考えるようになっても、あんたは韓国人で韓国女なんだよ。あんたがそんなにうんざりだって言ってるママと同じ、韓国女」

「What the fuck?」

「私は今日、ある韓国女と、映画がどうたらこうたらっていう話をした。このまま家に帰って、この話でシナリオ一本書くこともできる。そしたら、この話は韓国映画になるよね。あんたが言ったみたいに、誰にとっても何にもならない話。何でもない韓国女2人がどうでもいい話をして騒いで、結果的に誰にも何の影響も与えない、そんな映画。そこで私とあんたは、韓国女1と韓国女2になるわけだよね」
「あんたこそ韓国で生まれて韓国だけで生活してきた韓国女でしょ。それに比べたら私は名誉アメリカ人ぐらいにはなるんじゃない？」
「いっそ不名誉韓国人って言えば？　あんたの口から言うんだったら、その方がまだ恥かかなくてすむんじゃない？」
「Shut up. とにかく、私が出てくる映画なんか作ってみな、ううん、今日私がした話を一かけでも映画に出してみな。私が見張っててやるから！」
「見張ってくれてありがと。誰が見ても気を悪くしない映画よりは、あんたが見て気を悪くする映画でも作りたいもんだ」
「撮ったらいいじゃん、そんな映画！　撮ってみやがれっての！」
その人は席からぱっと立ち上がり、激昂して携帯電話を取り出した。私に投げつけるのかと思ってぎょっとしたが、その人は録音アプリを起動した。
「Two thousand nineteen, seventeen March. 9pm.」
そして録音中の画面を私の顔の前に突きつけた。名誉アメリカ人ともなると対応方法もアメリカ式に変わるらしい。いっそ前みたいに何か飛んできたら、ちょっとは親近感が湧いただろうけど。
「今日、ここで出た話を一行でも映画にしたら、あんたを訴えるから。はっきり言っておくからね」

「そう。それまでに絶対、正式にアメリカ人になりな」

その人が奇声とともにテーブルの上の盃をひったくった。今度は本当に飛んでくるかと思ってぱっと目を閉じた。すぐに塩辛くて生ぬるいマッコリが顔を伝って流れ落ちた。私は平らなおでこを伝って鼻へ流れるマッコリの間からこの人を見上げた。その顔には、アイライナーが混じったまっ黒な涙がだらだら流れ落ちていた。最近は質のいいウォータープルーフの国産アイライナーがいっぱいあるのに。ここの前に並んでるドラッグストアでアイライナーをいくつか買ってこの人にあげようかと思った。もちろん、この人のママが決めた門限の前に。私たちに残された時間はあまりなかった。

私は今日聞いた

「『私は、あそこにある、あの世の中で、生きていきますから』って言ったの。どういう意味かっていうと、私は私のやり方で生きるってことだよね。そしたらお坊さんも、もう何も言わなかった」

私は長い間、無気力感に陥っていた。生きることに意欲が持てず、何度か試みたあげく自殺も無理だと結論を下したところだった。それでは今、何ができるのかと考えて、精神科のカウンセリングを受けてみることにした。それから2年が過ぎた今日がカウンセリングの最終日だった。今日に限って先生は私に何も質問せず、自分のことを長く話してくれた。それでなおさら、最後なんだなと感じられた。私は先生の話を一言一句も聞き逃したくなかった。

「まあ、そうだったんだよ。で、私が大学生だったころは龍《ヨン》山《サン》駅が今とは違って、本当にロマンがあって、雰囲気もあったんだよ。その冬、明け方に龍山駅を歩いてたときに、すごく雪が降っててね。明け方にはまだ街灯が明るくついてるでしょ。雪を見ながら私、心の中で思ったんだね、『人間は言葉を使うけど、こういう言葉はどこから来たんだろう』って」

先生と初めて会ったときのことを思い出した。70代には見えるおばあさんが一人、髪の毛を紫色に染めて、耳と首、そして手首にもじゃらじゃらアクセサリーをつけて、暗いギャラリーの隅っこに座っていらした。リタイアした精神科医だということは聞いて知っていたが、その服装に驚き、疑いを抱き、すぐに惚れ込んだ。カウンセリングは先生の知り合いが提供してくれた場所で行ったが、ある日は閉店したジャズバーだったし、ある日は閉店したギャラリーだった。私は無気力感に陥ってふらふらしながら、月に一度そこへ訪ねていった。三清《サムチョン》洞は大勢の人々と、その人たちの恋愛とそれにつけ込む商魂とが入り混じって、いつもざわざわしていた。彼らを追い越して地下のギャラリーやジャズバーに無事に着くと、涼しい顔で静かにタバコの煙を吐き出している先生がいた。

「言葉。私たちは言葉を使って生きているよね。だけどこういう単語たちは、いったいどこから来たのか。その瞬間、幻影が見えたの。白い雪が降ったところに『も、と、も、と、あ、っ、た』っていう文字が浮き出していて。それが私にぐっと食い込んだのね。音はなかった。心の中でそう質問して答えをもらったわけ。でもそのときはとても若かったから、そう書いてあるのを見たと思ったのね。本当は、自分の心からそういう答えをもらったのに、あのときはそうは思えなかった。神様が書いたんだと思って、『ああ、神はいるんだ』って。つまり、私が自分を知らなかったってこと。何のことかわかる？」

私は長い間、神と会話することを夢見ていた。神に会ったら聞きたいことを考えておいたこともある。

なぜ、この不幸な世の中を作ったのですか？

私はどうして生きているのですか？

そして、これがいつまで続くのでしょう？

「それでカトリック教会に通いはじめたんだよ。友だちの中にカトリック信者がいたんだけど、その人がびっくりしてね。私がカテキズムの講義を受けているって言うと、『あんたみたいな理性の勝った子が何で教会に行くの？　無理だよ、あんたは絶対カテキズムの勉強なんか修了できない』って言ったの。それでもとにかく明洞《ミョンドン》聖堂にカテキズムの講義を受けに行ってて、幸いなことにいい神父様に出会って、皆勤賞までもらったんだよ。そして洗礼を受けて。私、教会では聖書のことを教えてくれると思ってたの。でもミサに出るだけなんだ。つまり、私は聖書を通して神様の言葉、主の言葉を知りたかったのに、それは教えてくれない。で、こんなことってあるかと思って、一人で聖書の勉強を始めたの。

私、ソウル大学のエリート集団にいたでしょ。それでたまたま、物理学部で博士課程をやりながらパスカルについて論文を書いてる女の子に会ったのね。私よりずっと先輩だったけど。そのお姉さんと聖書の勉強をしてて、あれ？　ソウル大も大したことないなと思った。だって私が質問してもその人が論理的には答えられなかったから。それで私はその先輩に、もう聖書の勉強はやらないって言ったんだよ。論理で説いてくれなくちゃね、聖書だって絶対論理的なものなのに。もうやめようってその人に言って、それからは私一人で勉強して、矛盾点がいっぱい目についてくるとやめて。そうやって仏教哲学も勉強していった。だからほんとに忙しかったね。デートなんか眼中にもなかった」

先生は私と同じく、神を求める人だった。けれども私よりは神に近い人なんだと思う。紫や赤、ときには青く染めた髪としわのある首に巻いたフリンジのあるスカーフ、小さな木のイヤリングがそんなイメージを作るのにも一役買っていた。私は先生とのカウンセリングの時間に並んでタバコを吸った。カウンセリング中に先生がバッグから小さなプラスティックのケースを取り出すと、それをサインに私もタバコを出す。私は外国製タバコを吸い、先生は国産タバコだ。暗い地下にタバコの煙が広がっていく。その様子をすてきだなと思う日がよくあった。

「男の子に追っかけられると、こう言ってた。『私、あなたとつきあう気はない。私は今、自分が誰なのかもわからない。だから自分が誰なのかを知ることだけに関心があって、あんたとこんなつまんない話してるのは時間の無駄なんだよ』。パッと切り捨てちゃって、一人で仏教哲学の勉強してたのね。仏教哲学はすごく面白くて、共感が湧いた。そうだよ、こういうふうに語るんでなくちゃって。だけどもう一個ひっかかることがあってね。仏教には輪廻の思想があるでしょ。そこで詰まるんだよね。今になってみれば、私が若すぎたんだ。輪廻思想について論理的に、演繹法や哲学を用いて説明してくれる人を見つけられなかった。結局、これでもない、あれでもないと」

　これでもない、あれでもない。

　そんな思いにとらわれて夜明けの街を歩き回っていた自分の姿が思い浮かんだ。小さいとき私は、聖書の勉強をしなくてはならなかった。そのたび、私に聖書を教えようとした近所のお姉さんやおばさんたちに質問を浴びせていた。私がぶつけた質問には、ちょっと考えても新鮮だなと思えるものもあった。「聖書にはなぜ恐竜が出てこないんですか？」とか。

　それから、今この瞬間には何の意味があるのかも質問した。彼らは、私にとって今日、このときは「試験の日」だと答えた。私たちが死ぬまで死を恐れずに神に仕えることができるか、試験を受けているのだと。その試験に合格すれば後でものすごくいいところに行けるのだと。それを聞くたび、疑問が湧いた。だったら私のまわりのこんなにたくさんのことは全部、試験のために存在しているのか？　地球そのものが巨大な試験場なのか？　その中で、満点に近い上位圏の人だけがものすごくいいところに行けるの？　その試験は私が生まれるとすぐ始まり、死ぬまで続くもの？

　その試験を受けたくなかったら？　そんな私の存在には意

味がないのか？

「母さんと父さんが亡くなったから、私が弟妹たちの面倒をみなくちゃならなかったじゃない。だから大学を出ると、あの子たちを助けるために試験を受けて外国に行くことになったの。外国の病院に就職したのね。お金を稼いで、弟妹たちに教育を受けさせなくちゃいけないでしょ。もともとあったお金は兄さんが持って雲隠れしちゃって、家にはお金が全然なかったから。でも私はそれが辛くはなかった。両親がいなければ当然、私が稼いで弟妹たちの面倒をみればいい。ちょうど、ある企業の会長と知り合いになって事情を話したの。そしたらその方が、お金が欲しかったら中東に行けって言ったんだよね。両親が生きてたころにアメリカ留学の準備をしてたんだけど、それはだめになった。でも私は絶望もしなかったの。そういう人間なのね。不思議だね」

神への信仰を試されているわけではなくても、人生はまるごと試験だらけだった。先生の人生もそうだったようだ。

Q　アメリカへの留学準備がほとんど完了したときになって、突然両親が亡くなった。どうするか？

1. 自殺する。
2. 中東に行ってお金を稼ぐ。

私だったら無気力感に襲われて1番を選びそうだが、先生は絶望もせず、2番を選んだ。私も20歳ぐらいのとき、そんな試験を受けたことがある。

Q　美大に行きたいなら美術予備校で勉強しなくてはならないが、家にお金がないと言われた。どうするか？

私は、家にお金がないから入試をやめろと言われて焼酎を一瓶飲んだ。そして泣きながら、知っている人全員に電話した。私と一緒に泣いてくれたお姉さんもいた。翌日、生まれて初めて経験する二日酔いのために床を這って動いた。ポカリスエットを飲み、床を這い、また飲み、また這い、そうして夕方に美術予備校に行き、もう通えなくなったと言った。校長は、他の子には内緒で授業料をただにしてやるからこれからも通えと言った。自暴自棄だった私にとっては、思ってもみない提案だった。

その甘い提案が最悪の足かせになるなんて、当時の私は知らなかった。その日以後、私は校長の召使いになった。毎日食事を一緒に食べなくてはならず、休日には映画館に一緒に行かなくてはならなかった。夕方は校長の家に寄って猫の世話をしなくてはならず、朝はヨガの講習に一緒に参加しなくてはならなかった。もう払わなくていい授業料が、いつの間にか校長の個人的な要求を満たすことに置き換えられていた。私はいっそ、いくらと決められたお金をまた払いたかった。だがそのお金がなく、ただで通っている予備校をやめる勇気もない。そのため毎朝鼻血が出て、止血しながら予備校に行った。入試の結果が発表されるまで毎日そうだった。最後の発表でも不合格になると、校長はみんなの前で私を「大間抜け」と大声で罵った。それでも明日から予備校に行かなくていいのが嬉しかった。当時ママは、私が校長とつきあってると思っていた。

「つまり私は生まれつき感情的な人間ではないんだね。理性的で、論理が合っていればOKなんだ。だからその会長が教えてくれた通り、中東に行ったの。その方は私の経歴を知ってるから。そこで働いて家を買い、弟妹2人とも大学を卒業させた。当時の月給はこっちと比べたらとっても多かったからね。それでお金も貯めて、フランスにも行けたのよ。そこでも働きながら勉強して、カナダにも行って勉強して、アメリカでも研修を受けて……。そうやって飛び回りながら20年過ごした。20年間精神病院で患者の相手をして、クライアントと会いつづけたの。自分の専門で認められて暮らしていたわけね。韓国に戻ることは夢にも考えてなかった。カナダに定住するつもりだったし。それまでに弟妹たちもアメリカとカナダに移ってきてたからね。妹はアメリカで公務員になって、私はカナダで弟と一緒に暮らそうと思ってたの。それでちょっとだけ韓国に来たんだよね。こっちにある家を売って、全部片づけてから出ようと思って。なのにそのとき、足首をつかまれた」

先生の歴史が大きくジャンプした。中東からフランスへ、フランスからカナダへ、カナダからアメリカへ、そしてまた私の住んでいるここへ。先生が足首をつかまれたと表現した韓国で、私たちは出会った。

「名前は言えないけど、韓国に大企業があってね。その家で、お嫁さんと孫に障害があったのよ。だんだんうつ症状がひどくなってきて、私が紹介されたわけ。当時といったら私のような人が韓国にはいなかったから。1990年代だもんね。そのときは、精神医学の世界でカウンセリング治療をやってるところがなかった。要するに私が第1号なんだよね。それで、この人たちを治療してたら足首をつかまれて、ここにいることになっちゃったわけ。そういうこと」

ちゃんとしたカウンセリング治療がなかったころのことを考えた。私の両親のことを考えた。大企業のお嫁さんではなく平凡な主婦だったママのことを考えた。とても貧乏で、工場勤めをしながら、朝まで机に体を縛りつけて高卒学力認定試験の勉強をしていたパパのことを考えた。20代初めで出会った彼らが結婚を決心した日のことを考えた。お姉ちゃんが生まれ、私が生まれた日のことを考えた。おなかをすかせた3人きょうだいが、ママが帰ってくるのを空しく待っていた日のことを考えた。先天的な障害で歩けなかった弟が初めて歩いた日のことを考えた。足にはめる、とても大きな補整具がついた靴が置いてある玄関のことを考えた。夜遅く、家の前の公園で、私が生まれるべき家はここじゃなかったと自分を哀れみながら夜を明かした日のことを考えた。そして同じころ、大企業のお嫁さんと孫のカウンセリングをしてあげていた先生のことを考えた。先生は今、私の前にいた。

「そんなこんなで私は宗教学も勉強したし、いろんな勉強をいっぱいしたのね。学びたいという気持ちのためだけじゃなくて、精神科で患者さんと会ってきて、薬物治療だけでは限界があると感じたから。そのときに矛盾を発見したの。こういうことじゃなくて、絶対、もっと他の何かがあるはずなのに……って。そういうことでいつも悩んでたから、外見なんかひどいもんだったよ。死人みたいな顔して歩いてた。自分の青春は精神科の患者さんたちに全部注ぎ込んでしまったのね。私は私、あの人たちはあの人たちっていう線引きができなくて。あなたも人間、私も人間なのに。そんなふうに、人間の無意識に何が潜んでいるか悩みながら、韓国に来てからは無料でカウンセリングをやってあげてたの。でも、韓国にそういうことをする人が一人もいなかったころだから、患者さんたちが私の話を理解できないんだよ。私も韓国的な情緒がわかってなかったし、だからといって感情的な人間でもないから、ジレンマに陥っちゃって」

韓国人のカウンセリングをするにはどうすべきなのか。

先生はいつも、大きなファイルを持ち歩いていた。その中にはさまざまな書類がぎっしり入っていた。いちばん上にはクライアントの名前と生年月日と生まれた時間が書いてある。初めて会ったとき、先生は私に生年月日と生まれた時間を聞き、同時に両親のことも尋ねた。私は、精神科のカウンセリングで生年月日と生まれた時間まで聞くのは不思議だと思った。

「回り回って大田《テジョン》に定住することになってね。でも、あそこはほんとに田舎だから、どうやってもうまくいかない。そのときから周易や命理学、四柱推命を一人で勉強しだしたの。それで、カウンセリングのときに四柱を見てあげるとみんなすごくよくわかるのね。自分の話をどんどんしてくれるようになった。私の四柱推命は占い師みたいなのじゃなくて、カウンセリングの道具として使うわけ。これが受けたね。みんな安心して、全部打ち明けてくれる。そうやってずっと、無料で治療をやってあげてたの」

先生が見ていた私の書類には、いろんな漢字が書かれていた。先生はそれを見ながら、ときどきふんふんと鼻声を出したりする。

「命理学。これが、絶妙なんだよねえ？　おとなしまで勉強してたのよ。10年以上やったことになるね。正直、もう、精通、って境地。これを勉強してからはクライアントに会うとぱっと見える、四柱はこうだろうなって。これはもう直感でわかるんだね。最初に会って生年月日と時間を聞いて、家に帰る途中で確認してみることがある。全員じゃないよ、私が関心を持った人についてだけ。で、確認してみると全部合ってる。それを見て「あ、心は同じだな」って気づいたわけ。さっきも、心は同じって言ったでしょ。これが私の悟り。今まで生きてきて勉強したことは全部、たった一つ、自分の心を知るためだったってこと。それに気づいて、知識とか何だとかそういうものは全部捨てたの。ただ心の修行をすればいいんだなって。だからってお寺に行ってお坊さんに会ったり、親しくなろうとは思わなかった。むしろそっぽ向いてた。余計な、ゴミみたいな話は聞きたくないから。心の勉強は一人でやるものだよ」

じゃあ、先生は一人で何をするんですか？

「修行。自分の心を見つめること。さあ、こんどは、先生の話をどう聞いたか、あなたの感じたことを話してみて」

とにかく、不思議です、すっごく不思議で……映画見てるみたいです。そんなふうに生きることもできるんだなと思いました。

「そう、捨てれば生きる。それと、心の修行をすれば、あなたが今、自分だと信じているものはあなたじゃなかったってことがわかるようになる。そういう面白さがある。しょっちゅう足を引っぱる、もつれた糸みたいな思いはぱっと断ち切って、意識して心を拡張してみれば、他のものがよく見えるようになるの。先生の言葉は偽物だと思う？」

いいえ。

「じゃあ何だろう」

ほんとのことをおっしゃってるみたい。

「そう。今は、私の人生の骨子だけをぱっぱっと短く話してあげたんだよ。先生は、自分で体験して体得したことだけ話すよ。修行ってそういうものだから。先生があなたに話してあげるとき、私の目はここを見てるけど、心はここを見てはいないの。ブッダの心を見ているだけ。その内側にある光が本物か、偽物かだけを見るの。私は話をするとき誇張しない。飾りもつけない。そういうのが修行だよ」

そうなんですね。

「そうって、何が」

修行って、私、何かをずっと磨いたりするようなことかと思ってたんだけど、ただ生きて、出会う人たちに自分のことをありのままに話して、見せていくことなんだなって。

「でも、みんな心の修行をしないからトラブルが起きる。心の中でからまってることを自分の考えだと思うから、問題が起きるんだね。ここまで、わかった？」

はい。

「最高。今日からあなたも修行なさい。あなたはそういう道に進んでこそ光るんだよ。わかった？　『私は今日聞いた』ってここに書いてみて」

私は今日聞いた。

「『心の修行のやり方を』って書いて」

心の修行のやり方を。

「あなたは前世で、名家の奥様だった。学者の家に生まれて、芸術的なものが好きで、芸術を愛する魂を持っている。だから『何で私はこんなことしなくちゃいけないのか』なんて思ってはだめなんだよ。それは怪物だから。闇のあなただから。それは本物のあなたではないってこと。わかった？」

名家の奥様の人生を想像してみた。うまく想像できない。その召使いの人生なら想像がつく。奥様と毎日ご飯を食べて、奥様のヨガの講習についていって、休みの日にも奥様と映画を見に行き、奥様の猫の世話をしなくてはいけない……。毎朝鏡の前で、垂れてくる鼻血を止血している召使い。それでも芸術を愛していて、芸術家魂を宿している召使いの人生。

「宿題は解けた？　昔のことを引きずっていたら影法師になっちゃうよ。それは偽物だよ。つまり、昔のものは消して、そこに今が来るようにしなくちゃ。わかった？　わからない？」

わかりました。

「今日、先生があげたのは糸口だよ。これが人生の始まりで終わりなの。文字で済むことではないから、心で感じなさい。そうすればあなたはもう修行する人だよ」

先生、魔女みたいです。

「魔女？　そうだね、よくわかったね。みんなにそう言ってごらん、あの先生は魔女ですよって」

先生は神を求める人だった。先生は神を探してさすらい、魔女になった。私は長い間、神との会話を夢見る人間だった。私は、神様への信仰をテストされながら生きたくはなく、そんな私の存在も無意味ではないことを願っていた。私は神と会話をすることはできなかったが、魔女と長い間会話した。

生きることも悪くないと思った。生きて、私が魔女になるなら、それもまた悪くないだろうと思えた。

三清洞の坂を歩いて降りていき、その場に立ち止まり、頭をぐるぐると振ってみた。お店の前のガラスに映った私の姿を見た。

私はそこにいた。

旗

地下鉄2号線の車両の中は、通勤時間ではないので乗客でぎゅう詰め状態ではなかった。相当数の乗客が様々なデジタル機器を両手でしっかり持っていた。他の人をちらちら見たり、風景を眺めている姿はなかなか見当たらない。当然、本を読んでいる人もいなかった。車両の中でただ一人、ジョンソンだけは手に何も持っていなかった。ジョンソンがデジタル機器を手にしていないのには理由があった。

ジョンソンは芸術家だ。およそ芸術家とは、いつどこで霊感を得るかわからないもの。ジョンソンは常にアンテナを立てて、自分にキャッチできる霊感を待っていた。

その瞬間、車両間のドアが開いて、粗末な身なりの40代の女性が移ってきた。ドアが開くよりも先に大声がこちらへ響いてきそうな気がしたが、その声にそんな力が備わっていたのは、古くさくて分厚い一冊の本のためだった。ジョンソンは、彼女が右手にそれを持っているのを見てとった。

「イエズス様を信じなければ地獄に行きます。それを知っていて信じない人は、罪の代価を支払うことになるでしょう」

車両内の乗客たちが眉をひそめた。甚だしくは、プロテスタント信者だということがはっきりわかる、手のひらぐらいのスマートフォンで伝道師にメッセージを送ろうと忙しく手を動かしていた隣席のおばさんまでが顔をしかめた。イヤホンをしていた人たちは慣れきった指を動かして音量を1、2

段階上げた。
「イエズス様は私たちのために代贖《だいしょく》の犠牲を払われました。そのようにして私たちの罪をお赦しになり、天の王となられたのです。私たちは王に従わなくてはなりません。イエズス様が再びこの地にみそなわしたもうときまで、信仰を抱いて待たなければなりません」
　ジョンソンはしばらく眉間にしわを寄せていたが、本当のところ自分が何でそんなことをしたのかじっくり考え直してみた。あの、よく響く声のせいだろうか？　聖書を知らない人にはよくわからないあの言葉遣いのせいか？　でなければ、上半身は野暮ったく、下半身がだぶだぶなあの服装のせい？　考えれば考えるほど自分がなぜ眉をひそめたのか、あの女性に不快さと警戒心を表さなくてはならないのかわからなかった。
「自分は芸術家なのに、ひょっとしたらあの女性の言葉や行動の中から、真珠のようなものを手に入れることだってあるかもしれないのに、どうして理由もなく警戒したんだろう？」
　ジョンソンはすぐに反省した。そのとき車内でやかましくベルの音が鳴り響いた。どこから聞こえてくるかと思えば、ただでさえうるさかったあの女性の携帯だった。
「うるさい人は何でもうるさいんだな」
　ジョンソンは思わずまた眉をひそめた。
「いや、そうじゃないよね。ベルの音は本来よく聞こえなくちゃいけないものなのに、頭から悪い方へ考えちゃったんだ」

女性があたふたと携帯を取り出す様子を見ながら、ジョンソンはまた反省した。
「あ、もしもしあなた。どこって、伝道中よ。もちろん遅くなるよ。ああー、ごめんね。冷蔵庫に、耐熱容器が入ってるでしょ？　おかずはその中に全部入ってるから。何だかは見ればわかるよ。出して食べて。私、遅くなるから。今、伝道中で、忙しいから切るね」
イエズス様の代贖の犠牲について朗々たる声で叫んでいたのとは違い、夫と思われる相手と電話でしゃべっているときの女性の声はとても優しかった。しかも他の乗客の邪魔にならないように片手で口元をおおってひそひそと話すのだった。だが、さっきまですごい大声を出していたせいで、手で隠しているわりに音量調整はうまくいっていなかった。
ジョンソンはその女性の家を頭の中に思い浮かべてみた。台所に立って、フライパンでじゃこを炒め、それを冷まして容器に分け入れ、冷蔵庫にしまうようす、おかずを作るときに出た洗いものを洗い、今日、街頭で叫ぶ伝道のせりふをぶつぶつと暗誦するようす、1週間単位で組まれた伝道スケジュールを確認し、今日はどの駅から出発してどの駅へ戻ろうかと見つもっているようす、夫が出勤したあと、ごはんに水をかけ、さっき作った塩辛いじゃこ炒めを添えて軽く食事をすませ、寝室の洋服だんすからそれなりに服を選んで着た後、必要なもの（聖書と、のどを潤すための水筒など）をかばんに入れて家を出るようす、高層団地を出て警備員のおじさんに明るい高い声であいさつするようすをだ。

ジョンソンはだんだん気になってきた。地下鉄の車内で声を上げてイエズス様を信じなさいと叫ぶ姿は、女性の日常の中にどのように位置づけられているのだろう。何が彼女に声を上げる勇気を与えたのか。

ジョンソンは考え込んだまま歩いていった。家に行くには、駅から始まる坂を7分ほど上ってから、また下り坂を3分くらい下りなければならない。よく言えば運動になるコースだった。再開発の噂を聞くようになってかなり経つのだが、今までに何度となく契約が延長され、まだレンガ1枚割る音すら聞こえてこない。古い町だけあって家々の間に、占い師の家の印である赤い旗が揺れている。前は気にもとめていなかった占い師の家が、今日に限ってやけに目につく。ジョンソンは、やっぱり地下鉄で会ったあの女性のことをずっと考えているからかもしれないと思った。坂を上りながら目についた占い師の家を数えてみたら、8軒だった。本当にいっぱいあるもんだ。

賃貸に出せる部屋を増やすためにお粗末に拡張されたジョンソンの部屋には、室内でも室外でもない空間があった。ジョンソンはそこをベランダと呼んでいた。ベランダでは主に、プランターでちょっとした植物を育てたり、コーヒーを飲んだり、タバコを吸ったりしていたが、今日はひとまずタバコを一服した。ベランダの窓のむこうには赤い旗を立てた占い師の家がたくさん目につく。もしかしたら今この瞬間にも、彼らの仕える神が行ったり来たりしているのかもしれない。

その中に、このベランダを通る神が一人ぐらいいるんじゃないかと思った。だとすればその神は、ここに立ってタバコを吸っているジョンソンの体を通過しているはずだった。

「不幸なことだけど、自分は神様を迎えられる器じゃないから何も感じないんだな。神はこの体をそのまま通過して、占い師のところに行くんだろう」

そう思うとなぜか寂しくなった。世の中には神がそんなにいっぱいいて、また神を信じろと街で叫ぶ人もいるのに、自分はなぜ神を感じたことがないのだろう。ジョンソンは立て続けにタバコに火をつけながら考えつづけた。

「どうしてある人は感じるのに、自分には感じられないのかな?」

寂しさは悔しさに変わっていった。芸術家として霊感を求めるのと同じように、ジョンソンは急に神を探しはじめた。

「どこにいるんだろう?」

神は、どこで感じることができるのだろう。ベランダで干からびはじめた草木の葉っぱを何気なくいじっていたジョンソンはふと、「世話をする」という活動はまさに神の担当分野なんじゃないかと思った。その視点でよく見てみると、この家は自分に世話されているものだらけだ。ゆるんでしまった水道の蛇口と洗濯機のホースをつないだのも自分だし、いきなり切れてしまった電球を取り替えたのも自分だ。革靴は靴墨を塗って磨いてやらなくてはならないし、ふとんは日当たりのいいところでたたいたり、洗ったりしなくてはならない。

「自分でさえこんなに忙しいんだから、神はどんなに忙しいだろう？」
神の活動を思い浮かべてみると、世話をするとはどんなに忙しくて手に負えないことか、改めて気づく。頭が痛くなりそうだった。だから神は、食べたり寝たりしなくちゃいけない肉体を持たないのかもしれない。でも、面倒くさい肉体がなくても忙しいことに変わりはないはずだ。それなら、神たちは仕事を分野別に分けてやっているのだろうか？　会社みたいに？
牧師の父さんを持つジョンソンの友だちは、自分の父さんの口癖をかなり上手に真似ることができた。ジョンソンは、友だちが聞かせてくれる父さんの話を面白がって聞いていた。友だちが一人で旅行に行きたいと言ったとき、父さんは「神様にお祈りをしてみて、応答があれば許してやる」と言った。その返事がおかしいと言ってきゃあきゃあ笑っていたことを思い出すと同時に、「あ！」と気づいたことがあった。
ジョンソンは、「祈り」という言葉につきものの「つつしんで」「心から」「粘り強く」といった表現を思い浮かべた。それは、仕事が多すぎるから、ただのお祈りではなく、つつしんで捧げる、心からの、粘り強い祈りにしか応じられないということではないのか。
「神様はすごく忙しいから、つつしんでお願いする人の話だけ聞いてくれるんだな」
そう考えてみれば、神を求める人々の中にも、神からの応答を受け取れる人はそんなにたくさんはいないはずだ。たぶん、一生に一度も応答を得られない人も多いだろう。それでも人々は相変わらず神を信じているが、それはなぜだろう？いつかは神が応えてくれると信じているからか？　結局、信じるという行為は、ジョンソンがやっているような神を求める行為と同じではないのか？　だったら、神を探しているジョンソンはもう、神を信じているのも同然だった。彼らが期待している応答というのも、ジョンソンの友だちが一人で旅行をする許可を求めたときと同様、大した問題ではないのかもしれない。

いつも霊感の出現を期待している芸術家ジョンソンの人生もそれと似ていた。ものすごくつまらない事件やものごとから霊感を得ることが多いのだ。それを「応答」と呼んでもよさそうに思える。そう考えると自分は「芸術」という名の神を信じる信者だし、しかも、その神からかなり頻繁に応答を得ている、祝福された信者に違いない。

「神はどこにでもいるんだ」

今、何かを求めているなら、その人はすでに神を信じる人なのだ。そこまで考えが及ぶと急にすべてがはっきりした。この消えかけたタバコの火も、干からびていく葉っぱも、何らかの答えのために存在しているように感じられた。

「祝福された信者として、今後どんなにいっぱい応答をもらえるだろう」

これからの人生は楽しいはずだという予感がした。すでに何度かの応答を経験し、それがまた訪れることを知っている人生とは、何て楽しいのだろう。ジョンソンは小さなベランダに立って、とてつもない充足感を感じた。その感情に酔ったまま、ベランダの中のいろいろなものを嬉しそうに眺めていると、ふと、人の役に立ちたいという気持ちが湧いてきた。

「この気づきをみんなにも知らせなくちゃ」

使命感だった。先に悟った人間としての使命感。芸術家としての使命感。まだ一度も応答してもらったことはないが、今も絶えず求めている人たちに言ってあげたかった。信じる心をずっと持ちつづけ、求めてほしいと。自分と自分を取り巻く環境の世話をしながら、観察しながら。そしていちばん大事なのは、自ら考えることをやめず、応答が来たときにそれが応答だと気づくことだった。

この気づきをどうやったら人々に伝えられるのだろうか。ジョンソンは、自分の言わんとするところを芸術という器に入れて伝えなくてはならないことを知ってはいたが、その器がどんな形であるべきなのか、今回はまるで勘が働かない。ひょっとしたら、地下鉄で声を張り上げて叫んでいたあの女性のように、道に飛び出して叫ぶのがいちばん確実で効果的な方法なのかもしれない。ジョンソンは胸に満ちあふれてくる感情をどうすることもできなかった。体がやけにそわそわするが、何をどうしたらいいのかわからない。ともあれ、家でじっとしているわけにはいかないような気がして、外へ飛び出した。

ジョンソンは無言で門を出て歩き回った。勤め人が帰ってくる時刻だからか、行きかう人たちはかなり多い。薄いコート1枚羽織っただけで出てきたので体が冷えて、両腕で体を抱くようにしてその場でぐるぐる回った。ときどきタバコも吸ったが、そのときもぐるぐる回りはやめなかった。頭の中はあまりにも混乱していた。すばらしい気づきを得たことは明らかだが、これをみんなに知らせるべきか、いや、知らせるべきなのは明らかだが、どうやって知らせるか、果たしてその方法を見つけることができるのか……。

みんな、ジョンソンがこんな混乱を味わっていることにはまったく気づかず、さっさと歩いていく。ああいう人たちをつかまえて話してみたところで何にもならないだろう。ジョンソンは顔を上げて、周囲をうかがった。すぐ向かいの商店街では教会が無駄に高い偽物の屋根を掲げ、その上ではまた無駄に赤い十字架が赤い光を放っていた。教会のまわりの住宅街のあちこちにも、赤い旗印が突き出しているのが見えた。

ジョンソンは、かなり高く掲げられた赤い十字架と、それよりは低く立てられた赤い旗を上から下へよく見て、自分のような求める者たちのためには、あんなふうに目につく印がなくてはいけないと思った。ごく簡単明瞭に、「あそこなら応答が得られるだろう」という期待感を呼び起こす標識が必要だった。だが、あんな赤い十字架や、占い師の赤い旗とは別のものでなくては。

「センスがなくちゃ」

センスが左右するのだ。それが宗教であれ、インチキ宗教であれ、シャーマニズムであれ、または芸術であっても。地下鉄で叫んでいた女の言葉は真理だったかもしれないが、あの恰好では役に立たない。だが、もうちょっとセンスのあるすてきな恰好で同じことを言えば、みんなが感嘆し、拍手してくれることもありうる。

ジョンソンには自信があった。自分にはそういうセンスがあると信じていた。ジョンソンの芸術性に感化されてつきあってくれる恋人もいたし、講義を担当している大学の学生たちも、授業中のジョンソンに向かって何かを強く求めるまなざしのようなものを送ってくることがあった。自分はそれほど芸術を通して誰かによい影響を与えることのできる人間だという信念があった。

「このセンスを信じて、話を聞こうとする人たちがやってくるだろう」

ジョンソンはそういう人たちのために標識を作ろうと決心した。決心がつくと、いらだって歩きながらバタバタと音を立てていた足も止まった。

通る人影もほとんどない明け方、大門がキイーッという摩擦音を立てて中から開いた。ジョンソンが何かくるくる巻いたものを小脇に抱えて門の外へ出てきた。ジョンソンは人通りの絶えた四方をきょろきょろ見回すと、門の横にぴょんと突き出した国旗立てを見つけた。そして小脇に抱えたくるくる巻いたものを出して広げた。

何種類もの布を１枚１枚手縫いでつなげた旗だった。一つの旗の中にさまざまな色と質感が同居している。ジョンソンは自分で作った旗を国旗立てに挿し、何歩か下がって見つめ、さらに離れたところまで歩いていった。そしてまた門の方へ歩いてきて、門を通り過ぎてから戻ってきたりした。最後に道路を渡って確認してから、ジョンソンは満足そうな顔で家に入っていった。

色とりどりの旗には五色の糸で「芸術」という2つの文字が刺繍してあった。

お前のすべての動きを認知せよ

錯覚から抜け出し、一瞬一瞬のお前の動きを認知せよ。吸っては吐くこの呼吸は、ゆっくりと回るあの動物モビールのような動きだろうか。でなければ、15センチぐらい開いたあの窓から入ってくる風の動きのようだろうか。またはその風にそっと揺れているカーテンのような動きだろうか。この部屋の中で形成される小さなエネルギーをすべて集めたら、僕が飛び回れるほど大きなエネルギーになるだろうか。いや、こんなことを思うだけでも欲張りだ。僕の強欲が誰かによからぬ影響を与えるだろう。僕は、飛びたいと思うことをもうやめなくては。

壁に取りつけられたエアコンが用をなさないほど、部屋は熱い空気でいっぱいだった。キム・ソクは厚い冬用ふとんを敷いたマットレスの上に寝て、息を吸い、吐くことだけに集中しようと天井を見上げていた。前の入居者が置いていった動物モビールだけがぐるぐる回っているその様子を眺めていた彼は、あたりを手探りして転がっている携帯を取り上げた。3か月料金を払っていないのでレンガも同然の携帯の通話履歴には、今まで一度もつながったことのないある人の名前がびっしりと並んでいた。

ハン・セナ。

何か月か前、キム・ソクは、高校の同級生ジュンジに連れて行かれたある集会でセナと知り合った。ふだんから無気力なキム・ソクとは違い、万事につけて元気なジュンジは、新しい会とか行事、公演、スペースを見つけるといつもそこにキム・ソクを連れていった。そうやってついていった場所のうち、1、2か所はけっこういいところだった記憶があるので、キム・ソクはその日も文句を言わずジュンジと一緒に出かけた。

その日ジュンジがキム・ソクを連れて行ったのは、再開発を控えて強制撤去の危機に瀕している古い旅館の地下だった。天井と壁には下水の配管がむき出しになっており、便器に水の流れる音がそのまま聞こえ、使用済みのタオルや枕カバーなどの洗濯物が干されたびしょびしょの物干しロープが、段ボールを敷いて座った人々の頭上を蜘蛛の巣のようにあちこちへ横切っていた。その地下の空間の片隅に、古い花模様のふとんをカーテンのようにかけて作った空間があった。古い板を何枚も重ねて床から少し高くした舞台だった。そして、舞台の上で一人の女性が花模様のふとんよりさらに派手な花柄のワンピースを着て、裸足で踊っていた。集まった人たちは舞台で踊る裸足の女性の方をじっと見ているばかりで、再開発反対闘争の活動家の集会という事前情報がどこかへ吹き飛んでしまうほどだった。

舞台というには低くて狭い板の上で、女性は音楽もなしで踊っていた。爪先に触れるぐらい近くに人がいるのだが、そちらには目もくれず、目を半分ぐらい閉じて踊る姿は神秘的なムードをかき立てる。キム・ソクとジュンジは後ろまでぎっしり詰まった人々の間をかき分けてお尻を割り込ませた。女性の息が聞こえるほどの静けさの中で2人がガサゴソ音を立てると、何人かが不満げな視線を送ってくる。その瞬間キム・ソクは、このダンスの重要な構成要素を発見した。女性は、まわりの音に合わせて少しずつ動作を変えていた。上の階で便器から水が流れ落ちる音、誰かが続けざまに咳をする音、衣ずれの音、靴が滑って床をこする音などをBGMにしているわけだ。キム・ソクは、みんなもそれを知っているのか、または自分だけが気づいているのか気になった。そして、ぜひ、この事実を知っているのが踊っている女性と自分だけであってほしいと思った。

「ピピピピ」

ひどく神経に障るアラーム音が地下に大きく鳴り響いた。女性が床に置いてあった携帯電話を拾い上げてアラームを切った。そしてうっすらと微笑を浮かべ、客席に向かってそっと頭を下げた。すると静かに座っていた人たちがてんでに拍手し、歓呼の声を上げはじめた。キム・ソクも女性に向かって拍手を送り、ジュンジはもう席から立ち上がって叫び、口笛を吹き鳴らしている。歓声が静まると、一人の活動家が前に出てマイクを握った。彼は今後の撤去日程と活動計画について話し、集会のムードを本来の目的に戻した。たちまちにして雰囲気が一変したところを見ると、このダンスの公演は突然始まったハプニングらしい。活動家たちの論議が熱気を帯びていく中、裸足の女性がみんなの間をかき分けて外へ出ていくのが見えた。ジュンジはキム・ソクの体をツンツンとつついて合図して、ついてこいというサインを送った。
「ちょっと、火、貸してもらえます？」
ジュンジはもともと、彼女に声をかけるために、ポケットに入れたライターをなくしたふりをするつもりだったのだが、運よく女性の方から先に火を借りに来た。ジュンジがキム・ソクにラッキーという顔をしてみせる。ジュンジがにこにこしてポケットからライターを出すと、女性は口にくわえたタバコをライターの近くまで突き出した。ジュンジは女性のあごの下にそっと火を持っていった。
「この集会にはどうして？」
女性は火のついたタバコを口にくわえ、キム・ソクとジュンジの顔を代わる代わる見つめた。
「直接関係はないんですが、ちょっと来てみたんです。僕、いろんなとこに行くのが好きなんで」
ジュンジがすらすらと答えた。
「私と同じだ。私も何となく来たの」
「ほんとに？」
「さっき、踊ってたからびっくりしたでしょ？」
「いいえ、びっくりなんて。すごくかっこよかったです」
ジュンジが人差し指をピッと立てた。
「全然びっくりしなかったですよ。すごくよかった。本当に、輝いてるみたいでした！」
キム・ソクが突然、大声で答えた。彼はさっきから女性の顔をきまり悪くなるほどじっと見ていた。彼女は驚いたようにキム・ソクを見つめると吹き出した。

「そう？　私、輝いてました？」
「ええ、ほんとに光ってましたよ。今も、カルマから光が出てますよ」
キム・ソクがもう一度大声で答えた。女性はそんなキム・ソクを見て、笑ってしまってタバコをちゃんと吸えないほどだった。ジュンジがそんな２人をちらっと見た。
「よかったら一緒にかき氷でも食べに行きませんか？　踊っていらしたから、すごく暑かったんじゃないかと思って」
ジュンジが上手に申し出た。女性は返事の代わりに吸い終わったタバコを地面に放り捨て、先にすたすたと歩きだした。

「姉さん、僕、本当に恋をしたいんですよ」
半分以上溶けて砂糖水になり、たぷたぷしているかき氷をすくって飲むようにしながら、ジュンジが言った。かき氷屋まで歩いてきて初対面のあいさつをした彼らは、女性がキム・ソクとジュンジより何歳か年上で、名前はセナだということを知った。ジュンジはすきあらば九官鳥のように「姉さん、姉さん」とくり返した。セナはそんなジュンジを不思議そうに見て言った。
「恋をするのに何で『したい』って言うの？　恋愛はあんたにとって、絶対にやんなきゃいけない性質のものなの？」
「あ、そんなの一度も考えたことないけど……。何かすごく、頭を殴られるような質問ですね」
「じゃあ、ちょっと考えてみて。あんたはどうして恋愛を『したい』って言うのか？」

ジュンジが盛んに姉さん、姉さんと呼び立てている間、キム・ソクは何を言い出すべきか見当もつかなかった。彼も何でもいいからセナに言いたかったが、その言葉をセナによく取ってもらいたいという願望があった。だが、考えすぎて押しつぶされて、何も言えなかった。

「どうして恋愛を『したい』と言うのか、ですか？」

ジュンジもできるだけ会話をいい流れに持っていきたそうな様子だった。彼はセナに反感や攻撃的なニュアンスを感じさせないように話そうと努めた。

「この世に恋愛というものが存在しなかったら、どうだと思う？」

「はい？」

「あなたが今まで生きてきて、恋愛というものを一度も聞いたことも見たこともなかったら、それでもあなたは恋愛をしたかったかな？」

「あ、どういうことかわかった！　言葉があるから行為がついてくるって話でしょう？　じゃあ、姉さんはなぜダンスをするんですか？」

「ダンス……さっき私がやってたことをそう言ってるんだよね？　あれがダンスなのかどうかは、わかんないな」

「ダンスじゃなかったら何なんです？」

「私はさっきあの空間でただ、自分の体と精神の状態を正確に認知して、ちょっと動いてみただけだよ。もちろん今もそうしてるし」

「じゃあ姉さんにとっては、今、僕らとかき氷を食べている状態と、さっき、ダンスだか、動きだかをやってた状態が同じだってこと？」
「そうだよ。私には、ある瞬間だけが特別ってことはないの。どの瞬間もただ、どう動くかに集中してるだけ。その集中が壊れるときの方がかえってきついっていうか？　むしろそっちの方が特別といえば特別かな？」
「そうなんですか？　それ、いつ壊れるんですか？」
「ときどきそういうことがある。例えば、死について考えたり、その恐怖を思い浮かべたりするとき。死も一つの状態で、その状態を経た後も私が消えるわけじゃないのに、ばかな想像や妄想に浸って自分をないがしろにするとそうなるのね。私が生きて動いているこの瞬間に集中せずに」
　ジュンジがじっと考えてから言った。
「僕は、誰かが好きだっていう自分の状態が好きなのかもしれません」
「その、好きな相手は絶対異性でなきゃだめ？」
「あ……それは絶対そうですね！　異性です！」
「ずいぶんはっきりしてるんだね？」
　セナはニヤッと笑って、完全に溶けて砂糖水になってしまったかき氷のカップを両手で持って最後までゆっくり飲んだ。ジュンジは何かまずいことを言ったかなと思ったらしく、かき氷を飲んでいるセナの顔色を見ていた。
「私は、錯覚が嫌い」
　セナはかき氷のカップをおろした。
「錯覚？」

「少なくとも私はそうだよ。それが私の人生の目標っていうか。まあ、目標と言っとくわ。それが、私が私をちゃんと認知することだからね。私の体の動き、精神の動き……。そしてそれらがはっきりしてることを望んでるし。錯覚に陥って揺れたりしたくない」
「その錯覚って、どういうのがあるんですか？」
キム・ソクがかき氷屋に入って初めて口を開いた。セナはキム・ソクの質問を聞くとにっこり笑い、頬杖をついて、キム・ソクの顔の前に自分の顔をぴったり近づけた。
「私が言ってる錯覚と、あなたの錯覚は違うからね。それは一回、自分で考えてごらん」
キム・ソクは急に距離が狭まったせいであわてたように体を起こし、椅子の背に背中をぴったりくっつけて座った。
「姉さんの言ってるのは、恋愛したいっていう僕の思いも錯覚だってことですか？」
ジュンジが割り込んだがセナは無視し、キム・ソクに向かって手をぱっと差し出した。
「ちょっとお財布見せてくれる？」
キム・ソクはポケットから財布を出してセナの手のひらの上に乗せた。セナは財布を開けて、その中から紙幣を1枚取り出した。
「これは何？」
「1万ウォン札でしょ」
セナは1万ウォン札をテーブルの上に乗せてペンを取り出し、紙幣に印刷された数字の後ろに、丸をいっぱい書きはじめた。
「こうしたら、何になったと思う？」
「1、10、100、1000、万、10万、100万、1000万……」
隣のジュンジが、セナが書いた丸の数を一生けんめい数えた。
「落書きされた1万ウォン札でしょ」
セナは、自分が書いた丸ではなく、もともとお札に印刷してあった数字を指差した。
「じゃあ、これは誰かが書いたものじゃないの？」
「誰かが書いたと見ることもできますね」
「あなたは、自分の目の前で書かれた丸には何の意味も認めないのに、自分が見る前に書かれてた丸は何でそんなに信じるの？」
「みんながそう信じることに決めた約束だから」
「約束だっていうのがあなたの錯覚だとしたら？」
「そうですね」
セナはまたキム・ソクの財布を開けて、カードを1枚出した。
「これは何？」
「僕のカードです」
「このカードの用途は何？」
「カードの中に、僕のお金が入ってるんです」
「お金が入ってる？」
「はい」
「いくら入ってるの？」

「いくらだか言わなきゃだめですか？」
セナはカードを高く持ち上げて、あちこち確かめた。
「私の目には、全然そうは見えないんだけど？　四角いプラスチックの上に字がいろいろ書いてあるだけなんだけど、あなたはどうしてここにお金が入ってるって確信できるのかな？」
「うーん……」
キム・ソクはセナの顔とカードを代わる代わる見た。ジュンジはもう話に割り込むのをあきらめたかのように、頭をぼりぼりかいたかと思うと急に立ち上がった。
「あー、何が何だかわかんないや。ここでいちばん阿呆な僕がかき氷代を払うしかなさそうだな！」
キム・ソクは腕を振り回しながらレジへ歩いていくジュンジが気になるのか、セナの手からカードとお札を取って財布に入れると立ち上がった。セナは両手の指を組んであごを支え、そんなキム・ソクをじっと見つめながら言った。
「あなたの世の中には約束もあるだろうけど、錯覚も明らかにあるよ」
セナはキム・ソクの腕を引っ張って座らせた。ちょうど支払いをすませたジュンジが、キム・ソクの腕を引っ張っているセナを見て短くため息をつくと、店を出ていった。
「そういう錯覚から、自分自身を救わなきゃ」
「僕が錯覚してるのかしてないのか、どうしてわかるんですか？」
「そこから抜け出してみればわかるよ」

セナは、テーブルの上に置いてあったキム・ソクの財布を手に取った。そして財布を開けると、中にあった紙幣と小銭、そしてカードまで全部出した。

「あなたが信じているこの丸でいっぱいの世の中から、ちょっとだけ抜け出してごらん。そうすれば、あなたが信じてたものが錯覚かどうかわかるよ」

「……」

「『裸の王様』っていう童話知ってるでしょ？」

「知ってます」

「王様は何も着ないで百姓たちの前に現れたけど、百姓たちは見えない王様の服をほめたたえたでしょ。そのとき王様は、その賞賛を信じたか？　または、その瞬間、裸だという恥ずかしさを忘れるために自分を錯覚の中に閉じ込めたのか？」

「たぶん後者ですよね」

セナはキム・ソクの財布に入っていた紙幣と小銭、そしてカードを全部自分のポケットに入れた。

「さあ、あなたが信じてる丸が全部私のところに移動したけど、どんな気分？」

「はあ、思ったより何も感じませんね」

「あなたが裸の王様なら、まだ自分には丸があると錯覚して、自分をだましながら生きていくでしょうね。だけど、あなたはそうじゃないと思うよ」

キム・ソクは、セナが自分を錯覚の世界から救おうとして、心から努力していると感じた。だがセナは、なぜこんなにも熱心なのだろう？　財布にあった13万ウォンのためではないだろうと思ったそのとき、キム・ソクはふと、金額を正確に憶えている自分にびっくりした。財布に入っている金額もカードの残高も正確に憶えている。常にそれを暗記して生きてきたのだ。なぜ今まで、何の疑いもなくその数字を暗記してきたのだろう。キム・ソクは急にわびしい気持ちになった。

僕の人生に存在した丸が全部消えたなら、僕はどう変わるのか？

「抜け出せそう？　あなたの長い錯覚の中から」

時間が止まったように思いにふけっていたとき、セナの声が聞こえてきた。キム・ソクはその声が優しく、あたたかく、長い眠りから自分を覚まさせてくれるように感じた。

「変ですね。この数字をいつでも全部、暗記していたなんて……」

「ちょっとの間でも手放してごらん。あなたがどんな人生を生きてきたのか、そしてこれからどう生きたいのかも、もっとはっきりしてくるから」

セナはかき氷のカップの横に置いてあったティッシュにペンでさらさらと何かを書いた。

「私が手伝ってあげる。あなたが目を覚ますことができるように」

セナがこちらへ押してよこしたティッシュには、口座番号らしい数字が書いてあった。キム・ソクの人生にはまだ、財布に入っていた13万ウォンよりたくさんの丸が残っていた。

セナがキム・ソクの代わりにそれを引き受けようとしてくれている。重大な責任の前に立ったセナの顔には強い意志が感じられるばかりか、悲しみの気配すら漂っている。キム・ソクは携帯を出して、一つしかない取引銀行のアプリを開いた。彼の最新型スマートフォンには指紋認証機能があるので、面倒な本人確認の暗証番号を覚えていなくてもよかった。

僕の人生に存在していた丸が全部消えたら、僕はどう変わるのか？

キム・ソクは振込実行ボタンに指を乗せてしばらくためらった。画面に出ている数字を見れば見るほど、これはイメージにすぎないという気がする。このイメージを記憶し、暗記し、その限界内だけにとどまって動いてきた。いや、ひょっとしたら動いていたのではなく、振り回されていたのだろう。

指紋が登録されています。この方法で認証しますか？

ほんの一瞬で多くのことが変わるはずだった。新しい冒険が始まるという思いで、キム・ソクの胸は無性に高鳴りだした。こんな冒険のきっかけを作ってくれたセナに対して感謝の気持ちがこみ上げてくる。また、セナがこの先の変化する人生をどう生きていくのか、いつまでもそばにいて見守りたかった。彼はイメージにすぎない数字を眺め、ボタンの上に人差し指を乗せた。

ハン・セナ様の口座に17,919,015ウォンの振込が完了しました。

キム・ソクが持っていた1791万9015ウォンという数字が、すぐ向かいに座っているセナに何の痕跡も残さず移された。キム・ソクは瞬間的に泣き出しそうになり、胸を撫でおろして大きく息を吐き出した。まるで、やっとこの世に生まれてきたばかりの子どものように、泣かずにはいられなかった。彼はゆっくりと席から立ち、セナに向かって手を差し出した。セナはキム・ソクの手を握ったかと思うと急に彼を引き寄せ、ぐっと胸に抱きしめた。

キム・ソクはこれで、約束と錯覚に満ちたこの世に再び生まれた子どものように、すべてのものに質問を投げかけ、答えを探していくための準備ができた。答えは一つではなく、ずっと変動していくだろう。キム・ソクはすべてが新しくなったこの瞬間を、この感覚を、永遠に覚えておこうと心に決めた。

「姉さん、僕はベストを尽くして自分の人生を生きていきます」

セナの微笑はキム・ソクがその日見たどんなものよりも光り輝いていた。

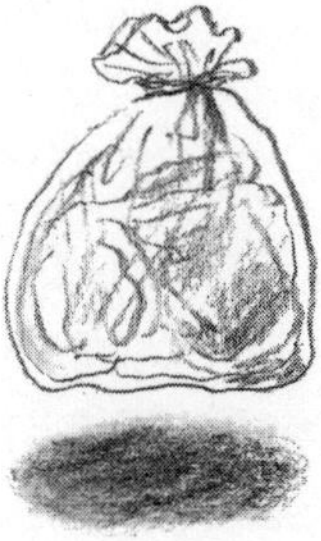

センセーション・ファッション

街灯もまばらな暗い路地の入り口。黄色い明かりが透けて見えるガラスドアの奥に、オープンを控えた洋服屋の内部が見える。床の工事が終わっていないためセメントの粉がちらちらと舞っていた。店内では、黄色いニットガウンをおしゃれに羽織った童顔のダウンが、工事もまだ済んでいないのに急いで並べた古着の上から、たまった埃を払い落としていた。埃は空中をしばらく漂っては、また服の上にそっと落ちてくる。ダウンは、服を全部引き上げるべきか、後で一度に埃を払うべきか悩みながら立っていた。そのとき、店のドアが開く音が聞こえ、驚いたダウンがちらりとドアの方を見た。開いたドアのむこうから、2人の男がろうそくに火をつけたケーキを持ち、ハッピーバースデーの歌を歌いながら店の中へ入ってきた。ダウンと一緒に店のオープンを準備しているジニュとナファンだった。古着屋をやろうとしている人間らしく、彼らはむら染めのヴィンテージのジャンパーをお揃いで着ていた。ダウンはお粗末なハッピーバースデーの歌を聴きながら、ダチョウの羽でできたはたきをテーブルの上に置いた。

ジニュ・ナファン：愛するダウン、誕生日おめでとう。

ダウンはフー、フーと息を吹いてケーキのろうそくを消した。ひどく小さいケーキの上には、ろうと一緒にセメントの粉が落ちている。

ダウン：ジニュは「愛してた」って言わなきゃ。何で「愛する」ダウンなの。

ジニュが大声で笑い出した。

ナファン：そうだよ兄貴。そこだけ歌い直してよ。
ジニュ：あーあ、わかったよ。愛してたダウン……。
ジニュ・ナファン：誕生日おめでとう。

ダウンはナファンが両手で支え持ったケーキにそのまま顔を近づけて、大きく一口頬張った。すぐに口のまわりに白いクリームがたっぷりついた。ナファンがダウンの口元についたクリームを指につけて自分の口に持っていく。ジニュはそんな2人を見て顔をしかめて笑いながら、ズボンの後ろポケットからプラスティックのフォークを取り出した。そして、ケーキをさっと切って口に入れた。

ジニュ：ここじゃ文明人は僕だけだな。

3人が楽しくケーキを食べていると、ガラスのドアがもう一度音を立てて開いた。店はまだオープンもしておらず、訪れる人もいないはずの遅い時間なのに。3人は警戒しながらドアの方を振り向いた。くすんだ色のウインドブレーカーを着て野球帽をぐっと目深にかぶっているので顔も見えない男が、無言のまま大股で店内へ入ってきた。3人は動作を止めて謎の男を警戒の目で見つめた。3人の中ではまだ体も行動もしっかりしているナファンが前に立って、野球帽の男に声をかけた。

ナファン：何のご用でしょうか？　まだ工事中なんですが。
野球帽：あ、すいませんね。

野球帽の男は缶ビールを何本かとつまみが入った袋をテーブルの上にいい加減に置いた。そのため、ダウンが置いておいたはたきが袋の下になってしまった。ダウンは思いきり顔をしかめたが、何も言えずにいた。

ジニュ：どちら様でしょう、こんなにお酒いっぱい持って……。
野球帽：あ、すいません。ちょっとお話があって、一言だけいいですか？

ジニュとナファンが一歩ずつ踏み出すのを見てダウンも勇気を出した。3人が近づいて男を包囲するように立った。

ダウン：それで、どういう方なんですか？
野球帽：そばに住んでる者ですよ。このへんに住んで20年以上です。
ジニュ：はい、それで？
野球帽：失礼ですが、おいくつですか？　お若そうだけど。
ジニュ：私は25歳です。この2人は私より少し若いですが。
野球帽：ははあ、25。若いねえ、若いよ。それじゃあざっくばらんにしゃべるからね、こっちは今年で34だから。

野球帽の男が帽子を脱ぐと、短く刈り込んだ頭が現れた。帽子を脱ぐといっそう老けて見える。見知らぬ存在の登場に緊張したのか、ジニュがポケットを探ってタバコを取り出してくわえた。口を閉じ、シュバッと音のする金色のジッポーで火をつける。ダウンはその様子を見て、わざと大声でジュニをなじった。

ダウン：ちょっとー、服にタバコの匂いがつくよ！　何でここで吸うの！
野球帽：何だよ怒るなよ、俺、一言だけ言って帰るから。
ダウン：はい？　私、聞きたくないんですけど？
野球帽：この一帯が、子どもが集まってお店ごっこするような場所じゃないってこと、知ってんだろ。
ナファン：どういうことですか？
ジニュ：私たち、子どもじゃないですし。

野球帽：お前、名前、何だっけ？

ジニュは神経質にタバコを床にこすりつけて消した後、謙譲語を使って答えた。

ジニュ：私は名前を申し上げていませんが。そちら様のお名前は？

野球帽：お前、タバコやめろ。

ジニュ：え？

野球帽：タバコやめろよ。それと、一言だけ言うからな。ここで今、何をしてらっしゃるんですか？

ダウン：私の誕生パーティーよ。

ジニュ：お兄さん、ちょっとここに座ってください。急にいらっしゃるからこっちもあわてちゃったけど、言いたいことがあるなら座って言ってください。

野球帽：俺、腰が痛いからわざと立ってんだよ。

ジニュ：そう言わないで座ってください。

野球帽：違うよ、座ったらもっと腰に悪いんだよ。今日、誰の誕生日だって？

ダウン：私ですけど。

野球帽：誕生日にすみませんね。だけどね、みんな学生さんみたいだけどさ、ここで商売やるってのがどういうことかわかってんの？

ナファン：はい、学生なのはその通りです。同じ学生相手にささやかに古着屋をやるんですけど、何か問題が？

ダウン：何なのよおじさん。もう帰ってください。

野球帽：何だと、こっちは連絡受けて来たんだぞ。

ダウン：連絡？

野球帽：（口の形だけで、小声で）やくざだよ、やくざ。

ダウン：何のことですか？　やくざ？　おじさん、それどういうこと？

野球帽：お前ら、立ち退き料目当てでやってんだろ？

ダウン：立ち退き料って何？

野球帽：何しにここへ入ってきたんだよ？

ジニュ：お兄さん、私たちそんなこと知りませんよ。ここが再開発地域ってことは知ってますが、短期契約で好きな服をちょっと売ったらすぐに片づけて、出ていくんですよ。心配しないでもう帰ってください。

野球帽：短期契約？　そんな好き勝手に、誰と短期契約結んだんですかね？

ダウン：何言ってんのよ。ちょっとー、タバコちょうだい。

野球帽：お嬢さん、中でタバコ吸ったら服に匂いがつくんだろ？

　ダウンはジニュからタバコとジッポーを奪い取り、野球帽の男のそばを通り抜けて大股で外へ出た。そしてドアを思いっきりバーンと閉めると、店の隣の暗い駐車場のすみでタバコに火をつけた。ダウンは深いため息とともにタバコの煙を吐き出し、赤いスプレーであちこちに「空き家」と書かれた周辺の建物を見回した。再開発の時期を知らせる垂れ幕がぼろ布のように、路地の入り口ごとにぶら下がってはためいていたが、まだ引越していない家には静かに明かりが灯っており、死んだねずみのように鳴りをひそめて暮らしつづけていた。今まで会ったことはなかったが、再開発推進派の意向を受けたごろつきたちが玄関や窓を壊して歩くという噂も聞こえてきた。そんな物騒な路地で、ダウンは古着屋のオープンを控えていた。

　事情はこうだ。この路地の突き当たりに、古着の好きなダウンとジニュ、ナファンがよく行く古着屋があった。ある日そこの店主のおばあさんが、服を卸値で譲るからそっちで売ってくれと、お得意さんの3人に頼んできたのだ。もう年をとって毎日店を開けるのも大変だし、再開発が目と鼻の先に迫っているが、在庫を整理する余力もないというおばあさんの気の毒な事情を聞いて、3人の同情心と冒険心が同時に発動した。路地の奥にあるのでお客さんが探しづらかったおばあさんの店はすぐに処分し、商店街の振興組合の力を借りて早めに引っ越した。ここは路地の入り口に位置したビルの1階で、人通りもまだ多い。再開発が始まるまでここで古着屋をやることにしたのだ。

　まず、おばあさんの店を処分するとともに、まだ開封もされていない古着の大袋を何十個も、キロあたり8000ウォンで買い入れた。袋を開けてみるとブランドものの服も多かったので、ちゃんと売れば買値の何十倍にもなりそうだった。予定されていた再開発も来月から始まるのか、年を越すのか、噂だけは盛んに出回るが、正確な時期は誰も予測できていない。3人は保証金50万ウォンに月家賃20万ウォンで合意した。再開発が始まったらすぐに商売をたたんで出ていくという特約つきの簡易契約書も書いた。

学校の裏門から近いこの通りを通る学生は、少なくとも日に1000人はいるので、すぐに元手がとれてかなり残る商売ができそうだった。ダウンはそれまでカフェのアルバイトで貯めた100万ウォンのうち半分を保証金にあて、残りでおばあさんの服を買い入れた。お金を出す能力のないジニュとナファンは、店の内装工事を自分でやって、体で埋め合わせすると約束した。おばあさんが譲ってくれた巨大なキャスターつきのハンガーラックを店に搬入し、服を一枚ずつかけ終えた後になって、3人はやっと、どうしたらここが洋服屋だということを自然にアピールできるか悩みはじめた。

「センセーション・ファッション」という店名だけは決まっていたが、服がどっさり並んでいるだけで、まだ何も手をつけていない状態だ。休学中のダウンと違い、転科試験の準備をしながらポートフォリオを作っている同い年の恋人ナファンと、2人の2年先輩にあたるジニュは、口さえ開けば忙しい、忙しいと言う。いつの間にか当初の意気投合ぶりはうやむやになり、工事は遅々として進まなかった。1日中ダウンが一人で店番をすることもあった。

ちょっとこれ、ひどいんじゃない？

ダウンはタバコの煙と一緒に深いため息を吐いた。ずっと押さえつけていた心配がじわじわとこみ上げてきた。

店の中では、ジニュとナファンが野球帽の男をなだめて外へ連れ出そうと静かにもみあっていた。しばらくしてガラスドアを開ける音が聞こえ、野球帽の男が路地へ出て、道の両側をきょろきょろ見回した。ダウンは男の目につかないように暗い駐車場の奥の方へと後ずさりしたが、くわえていたタバコの火のせいで見つかってしまった。男が嫌な微笑を浮かべてダウンの立っている駐車場の奥へ歩いてきた。ダウンは声を出してジニュとナファンの助けを求めようかと思ったが、まだ何も起きていないし、店も目と鼻の先だから、放っておくことにした。ただ、万一の場合に備えて店の方へ少し歩み寄った。最初の防御策は講じたわけである。野球帽の男はダウンの隣でタバコをくわえ、ポケットを探して四角いマッチ箱を取り出すと火をつけた。

野球帽：マッチで火をつけると、タバコから火の味がしていいね。

ダウン：そうですか？　じゃ、私にも一つください。

ダウンはできるだけ何でもなさそうに、落ち着いて返事をしてみせようと頑張った。野球帽の男がマッチ箱を渡すと、ダウンは下手くそにマッチを擦った。何度か擦って、やっと火をつけることに成功した。その様子を見守っていた男が、さっき店に持ってきていたビニール袋から何か出して、すっと差し出した。

野球帽：これ、高いチョコレートだけど、食ってみる？

男が差し出したのは、ふたの開いたプラスチックの容器に入ったカカオ99パーセント含有のチョコレートだった。

ダウン：ほんとに高いやつですね。私毎日、500ウォンとか1000ウォンのばっかり食べてるんだけど……。
野球帽：俺は、金持ちなんだよ。
ダウン：そうなんですか？　そうは見えないけど。
野球帽：俺、江原《カンウオン》ランドのカジノで5〜6000万ウォンすっちまって、自主的出入り禁止〔ギャンブル依存症対策として本人や家族が事前に申告すれば出入り禁止になる制度〕にしたんだよ。
ダウン：じゃあ、お金ないじゃないですか。
野球帽：いや、もうあそこには行かないし。ときどきマカオで儲けてっから。
ダウン：何がどうして金持ちなのか、全然わかんないけど。
野球帽：俺と遊ばない？
ダウン：いいえ。自分の友だちと遊びたいし。
野球帽：そうか？　あれがあんたの友だちなの？

ダウン：はい。

野球帽：あのうち、どっちと寝た？

ダウン：何言ってんですか。

野球帽：いいから、ちょっと教えてくれよ。

ダウン：もう、つまんないこと聞きたがって。

野球帽：まあ教えてよ。それだけ教えてくれたら、俺、おとなしく帰るから。

ダウン：あっちの25歳の子とつきあって別れて、あのガタイのいい方とつきあってるところよ。

ダウンの返事を聞くと、野球帽の男はポケットに手をつっこみ、にやりと笑った。

野球帽：きったねえなあ。

ダウン：何が汚いんですか？　つきあって別れて、他の子とつきあうのが。

野球帽：あいつもあいつも友だちなんだろ？

ダウン：それが何？

野球帽の男はポケットから携帯を出して、ダウンに差し出した。

野球帽：そう言わないで、番号教えて。

ダウン：何で？　ほんと信じらんない。

野球帽：友だち全員と寝てるみたいだからな、俺とも友だちになればいいじゃん。

ダウンは体がぶるぶる震えた。その震えが怒りのせいなのか、恐怖のせいなのかはっきりわからないまま、ようやく足を動かして男のそばをさっと通り過ぎた。そして、店のドアノブを荒々しく引っ張った。中ではジニュとナファンが頭をくっつけてゲーム映像を見ていたが、ドアの音に驚いてダウンを見つめた。

ダウン：ねえ、私汚い⁉

ナファンがばっと立ち上がり、ダウンに駆け寄った。

ナファン：ダウンどうしたの、大丈夫？

ナファンが肩に手を載せると、ダウンは体を大きく振り払ってその手を払いのけた。

ダウン：返事してよ、ねえ。私が汚いかどうか！

ジニュが首をかしげて席からのろのろ立ち上がった。

ジニュ：僕は……君たちがつきあうって言ったとき、最初ショックを受けたことは受けたよ。だけど結果的にはよかったと思う。

ナファン：兄貴、ショックだったの？　すごく喜んでくれてると思ってたのに。

ダウンがナファンの顔を正面からまともに見て立った。

ダウン：答えてよ。私がジニュとつきあってからあんたとつきあったの、汚い？
ナファン：僕はそんなふうに思ったこと一度もない。ただ、君は恋人なしじゃいられない人なのかなとは思った。
ダウン：恋人？　恋人がいないと生きられない人間ですって？　だから今あんたとつきあってるっていうの？
ナファン：いや、もちろんそうじゃないよ。僕ら、ほんとにお互いが好きなんだから。

ダウンはセメントの粉がちらちら舞っている店内を見回した。さっき払い出した埃がそのまま服の上に残って、えりや肩のあたりがすっかり灰色だった。途中まで切った壁紙がテーブルの下に散らかっており、近くの空き家から拾ってきたプラスティックの椅子は、組がそろっていなかった。

ダウン：もういいかげんにしてよね。
ナファン：え？　何？
ダウン：私をほっといてよって言いたいの！
ジニュ：ダウン、僕ら何か君に悪いことした？

ダウン：ここの保証金は誰が出したの、この服は誰のお金で買ったのさ！

　ジニュが、椅子の足が細くて長さが合ってないためにガタガタするプラスティックの椅子に座った。そして、タバコを吸おうとするかのようにポケットを探った。

ダウン：タバコ代だって毎日私にねだってたじゃん！　つきあってたとき毎朝、本棚に1万ウォンずつ入れといたの覚えてないの？
ナファン：兄貴、ダウンからこづかいもらってたの？

　ダウンは、呆れたように言うナファンをにらみつけた。

ダウン：そう言うあんたは転科するからって、何で私にポートフォリオ作ってくれって言ったのよ？
ナファン：それは、君が僕より絵もうまいし、知識もいっぱいあるから。つきあう前、友だちだったころから手伝ってくれてたじゃないか。
ダウン：お金を出してくれ、勉強も手伝ってくれ、恋人にもなってくれって！　あんたら2人とも、いいかげん私をほっといてよ！　私だって一回ぐらい、落ち着いて自分の人生を生きたいんだから。人を何だと思ってんのさ、え？
ジニュ：ダウン、興奮しないで聞いてよ。そんなこと言ったって、どうせ君のまわりには女友だちなんか一人もいないじゃないか。

ダウン：あんたらに時間を全部とられて、友だちと会う時間もないんじゃん！

ジニュ：違うよ。それだけ君が、そばに男がいることを望んでるんだし、君が魅力的な女性だから、男も自然に君を求めるんだよ。

ダウン：誰が年がら年中、男と女でいたいっていうの？　誰が毎日求めてくれって言ってんの？　ただ映画を一緒に見に行っただけなのに、ポップコーン食べてるときに手を握って指を嚙んだりなめたり、帰るなよとか、もっといなよとか、泊まってけよとか……。もうサイテー、ほんとにほっといてよ！

　ダウンは急に身を翻して店を出ていった。薄暗い路地のまん中に立ち、あたりを見回した。店の隣の暗い隅っこにしゃがんで缶ビールをあおっていた野球帽の男がダウンを見てにやっと笑った。

ダウン：おじさん、その、連絡入れてきたっていうやくざはどこにいるの？　いつ来るの？　いつここ壊すのさ？　さっさと来て全部壊せって言ってよ！　壊しちゃってよもう！　好きで店を出したとでも思ってんの？　立ち退き料？　そんなのいらないから！

　野球帽の男が暗闇の中で腰を上げて立ち上がると、ダウンはびくっとして、店の中へむかって大声で叫んだ。

ダウン：ちょっと！　このハゲ野郎が私に寝ようって言ってるよ！　あんたら、何してんの！

ジニュとナファンが我先に駆け出してきた。男2人がばたばたと取りつくと、野球帽の男は怯えたように、飲んでいたビールをかなぐり捨てて路地の奥へ走り出した。男が逃げ出すと狩猟本能が発動したのか、ジニュとナファンは全速力で彼を追いかけた。

ジニュ：逃げるな、このクソ野郎！
ナファン：兄貴、僕も行くよ！

3人の男は暗く静かな路地の奥へ消えていき、ダウンはぼんやりとそれを見守った。そのとき野球帽の男が落としていったビニール袋から、カカオ99パーセント含有のチョコレートの箱がごろんと転がり出してダウンのつま先に当たった。ダウンは箱を拾い上げ、ふたを開けて、玉のようなチョコレートを一つかみ口に放り込んだ。そして、歯ごたえのあるチョコレートをいっぱい口に頬張るともぐもぐ嚙みながら、男が座っていた場所からマッチ箱を拾い上げた。それもポケットに突っ込み、路地に立って店に向かい合った。薄汚いガラスのドアのむこうで、古着がいっそうくすんだ灰色に見えた。

ダウン：もううんざり、ちくしょう。

男たちの足音も遠ざかり、路地の中はひたすら静かだった。空っぽの建物に取り囲まれているせいで、あたりの空気が陰気に感じられる。ダウンは体を震わせ、車の通る大通りの方へ視線を回した。

ダウン：寒くて死にそう、どうしろっていうのさ。

ダウンは店の中へ入り、キャスターつきハンガーラックにかけてある服を両手にどっさり持って、うんうん言いながら出てきた。店の前の道ばたに服を投げ出し、また中へ入るともう一山持って出てきた。そうやって何度か往復すると、店の前にはダウンの腰の高さぐらいまでの服の山ができた。ダウンはぶるぶる震える両腕を代わる代わる揉みながら、荒々しく息をした。

ダウン：暑くて死にそう。あーもう、ほんと暑い。

店の中に飛び込んだダウンは、ストーブを焚くために置いてあった灯油タンクを持って出てきた。ダウンはタンクを開けて、服の上に灯油をめちゃくちゃに振りまいた。そして、ポケットから野球帽の男が置いていったマッチを出し、何度も思いきり擦ってみたが、続けざまに点火に失敗した。ダウンはマッチ箱を服の山の上に投げてしまい、またポケットを探ってジニュが使っていた金色のジッポーを出した。メッキがところどころはげた金塊の形のジッポーを見おろして鼻で笑い、ふたを持って持ち上げる。ライターは外見のお粗末さとは違い、軽快な金属音を立てて開いた。ダウンが震える人差し指で小さなフリントをはねのけると、真っ青な炎が上がった。

ダウンは震える腕をもう一方の腕でつかんで、ジッポーをそのまま服の山の上に投げた。古着の山に、たちまち火が燃え移った。

ダウン：マッチが火の味なんて何さ。やっぱジッポーでしょ。

がらんとした路地の中がたちまち化学繊維の燃える匂いともくもくと立ち上る煙でいっぱいになった。路地の端からあわてて走ってくる足音を聞きながら、ダウンは炎に向かって立っていた。

贈与論

やっぱり、今夜は何事もなく済みそうにない。彼女の姉妹は赤ん坊のようにむずかりながら一晩じゅう悲しげに泣きじゃくり、目のまわりがしわだらけの母さんが、姉妹をなだめて一緒に夜を明かしていた。久しぶりに実家に来た彼女は、以前は慣れきっていたこの夜中の大騒ぎが、今日だけは起きないようにと願っていた。

車があればどこだってすぐに行けるのに。

こんなときは、免許も車もない自分が情けなく感じられる。大学の同期生が1人、2人と車に乗りはじめ、「車を運転するようになって初めて自由という言葉の意味がわかる」と言っていたのを思い出した。

私はなぜ相変わらず自由もないままで生きているのか。

彼女は始発が出る時刻まであと何時間あるか、何度も確認した。それまではとても眠れそうにないので、シャワーでも浴びることにした。しゃくり上げるような泣き声と、そっとなだめる母さんの声と、白っぽい蛍光灯の明かりが漏れてくる姉妹の部屋の前を通り、そろそろとバスルームに入った。シャワーは泉のようにちょろちょろと出るだけで、ここが1階だなんて信じられないほどだ。バスルームの床には水垢だらけのシャンプーとリンスの容器が5本、6本ところがっていた。彼女が今住んでいる大学の学生寮のバスルームと同じように、家族全員が自分用のシャンプーを持って別々に使っていた。水がちょろちょろ垂れてくるシャワーの下に立ち、ころがっているシャンプーの容器を見おろしていると、背中にぞっと鳥肌が立った。

「あああ、まだ赤ちゃんみたいな体だね。何でそんななの……」

彼女がタオルを体に巻いてバスルームから出てくると、姉妹の部屋のドアがぱっと開いていた。中では母さんと姉妹が一緒に床に長々と寝て、彼女を見上げていた。彼女は体を見られたことが急に恥ずかしくなり、そそくさと部屋に飛び込んだ。どんな他人の前で服を脱いでもこれより恥ずかしくはないと思う。シングルベッドがやっと入る部屋は、彼女が大学に入学した後は倉庫に変わり、ふとんさえまともに敷きづらい。彼女はいいかげんに敷いたふとんの上に立ち、タオルでざっと体を拭いて服を羽織った。そして、化粧水を塗るために母さんの部屋に入っていった。部屋の床はとても冷たくて、足の指がすっかり縮こまる。

何でここだけ暖房を入れないんだろう。

彼女の母さんは自分の部屋で寝ると頭痛がすると言っていた。窓の外にある電信柱が、1日じゅう強い電磁波を放出しているというのがその理由だった。母さんの部屋は、倉庫として使われている彼女の部屋よりずっと散らかっていた。彼女は弱風の出るドライヤーで髪を乾かしながら、目ではドレッサーの上に使えそうな化粧水があるかと探していた。どんなに探しても化粧水はない。

シャンプーはいろんな種類があるのに、化粧水は1個もない家なんて、本当に変だ。

大学のライティングの授業で聞いた、「変」という言葉で描写をおろそかにするなという講師の言葉を思い出した。変という言葉を使わずに、この家をどう表現できるだろうか。わんわんと鳴るドライヤーの音を聞きながら、彼女はいくつかの表現を頭の中で転がしてみた。

爆弾が落ちた家。

引っ越ししてきたばっかりみたいな家。

1時間に1メートルずつ沈む井戸みたいな家。

どんな表現を思い浮かべても、一時でも早くこの家から出ていかなくちゃという思いが強まるばかりだった。

始発までもうそんなに時間はない。昨日家に来るまでの間ずっと足が冷えていたので、彼女は姉妹にストッキングを借りることにした。なかなか人に頼みごとをしない彼女が自分の部屋に入ってきたのが珍しいのか、姉妹は涙のたまった目で彼女をじろじろ見ていたが、たんすの中をかき回して手当たり次第にストッキングを出してくれた。彼女は座り込んで、くるくる丸めたストッキングを一つずつ広げてみた。最初のは何か所かひどく破れていた。

「これはちょっとはけないな」

「じゃ、捨てて」

2番めに広げたストッキングはもともとは黒かったのだろうが、ひどい埃まみれなのでねずみ色に見えた。彼女が足を入れてみると、埃がもくもくとタバコの煙のように舞い上がった。
「これもひどいな」
「じゃ、捨てて」
彼女の姉妹は、大事に別にしまっておいたのか、たんすの奥から他のストッキングを出してきて言った。
「これは柄のあるストッキングだけど」
「ん？」
「柄ストッキングだから」
柄があるからいいという意味か、悪いという意味なのかわからなかったが、彼女はとにかくそれをはいてみた。柄ストッキングは彼女によく似合った。彼女は大げさに脚を撫でてみて、姉妹に聞いた。
「こんなの、いつはくの？」
「いつって。クラブ行くときはくんだよ」
わかりきったことを聞くもんだと言いたげな、つっけんどんな答えが返ってきた。彼女の姉妹は毎晩、ひどく落ち込んだ気分をどうすることもできず、年をとった母さんに取りすがって夜じゅう泣いたりしていた。だから、家のことを考えると、辛そうな泣き声がつきまとう。そのたび、早く週末になって姉妹が夜じゅう踊って遊べることを彼女は願っていた。1週間が全部金曜日だったら、彼女も家族も今より楽に生活できたのではなかったか。
「それ何よ、くははは」
柄ストッキングをはいて部屋から出ようとした彼女を見て、

姉妹が吹き出した。彼女がとまどった顔で振り向くと、姉妹は彼女の足首を指差した。
「そこが変だよ。ははは、何でそうなるの」
「あーあ、幼児体型だからそうなるんだよ」
彼女の母さんが気の毒そうにそう言った。細い足首のあたりでストッキングがたるんでしわになっている。彼女は恥ずかしそうにストッキングを腿の方に引っ張り上げてみたが、足首のしわはそのままだった。姉妹はその姿を見てさらに大声で笑った。そんな姉妹を後に、彼女は部屋から出て玄関で靴をはいた。怒っていることを教えようとしたのだが、母さんはただ、またねと淡々と言うだけだった。彼女は背後で玄関のドアを強く閉め、しばらくドアの前に立ちつくしていた。中からはまだ姉妹の笑い声が聞こえてくるようだった。腹も立つし、泣きたいようでもある。外廊下型のマンションの手すりの向こうに、白っぽく雪をかぶった山が見えた。

去年の夏、カナダから帰ってきた母さんの姉妹が家に泊まっているという知らせを聞いて、彼女はあいさつもかねて久しぶりに実家に寄った。そのとき、玄関の前の廊下で山を見ながらタバコを吸っていた母さんの姉妹と出くわした。十何年かぶりに会った母さんの姉妹は、彼女を見るとすぐにあわててタバコを消し、ぎこちない微笑を浮かべた。
タバコが何よ。私だって吸うのに。
彼女は、頭に浮かんだ思いをそのまま口に出しはしなかった。ただ、あわてて吸い殻を背中に隠す手を見ないふりをした。
　母さんの姉妹は離婚した女性に浴びせられる非難の目から逃げるように、1990年代初期に子ども2人を連れてカナダへ移民した。ときどきカナダから送ってくれたメープルシロップを何にどう使うのか知らなかった彼女の家族は、楓の葉が描かれたシロップのびんを天袋に放置したあげく捨てたりしていた。それほど暮らしやすいというカナダで、母さんの姉妹といとこたちはずっと生活保護受給者として生きてきた。いとこの一人が高校を出て整形手術を受けるためにしばらくソウルへ来て、彼女の家に滞在していたこともある。彼女は、上まぶたを二重にしてカナダへ帰っていくいとこを見て、くっきりと変化した目鼻立ちがあの子の人生をもう少し楽にしてくれることを願った。
　だが、十何年かぶりに会った母さんの姉妹を見ると、その後もこの家族の生活にさほど余裕があるようにも思えなかった。母さんの姉妹はタバコの吸い殻をポケットに押し込み、執事のように丁重に玄関のドアを開けてくれた。彼女が靴を脱いでいる間、どこかから持ってきた雑巾で玄関をさっさっと拭いてくれた。万感きわまる表情で彼女を見上げる顔は、本当にこの小さな家の執事のようだった。

　彼女は母さんの夫、母さんの姉妹の夫、そして母さんの弟のことを思い出した。3人の男はお金とともに順番に消えた。家族たちは、約束でもしたように彼らのことを口にしなかった。消えた3人の男の子どもたちはひそかに彼らの写真を隠し持ち、恋しがったりもしたが、1年、2年と過ぎ、10年過ぎても帰ってこないおやじたちを憎み、結局、最後の写真まで燃やしてしまった。父親なしで育った子どもたちは順に小学校、中学校、高校を卒業し、大学に行ったり行かなかったりした。そしてときどき母さんの姉妹や母さんの弟の妻が身の上話をしにやってきては、何日か泣いて帰っていったりした。

うちの寮の部屋で起きることとおんなじだな。

彼女が暮らしている学生寮の4人部屋でもときどき、寮生が一人帰ってきては泣き出す日があった。

私たちももっと年をとったら、消えた男のせいで3人、4人と集まって号泣するようになるんだろうか。今は学生寮という空間があるけれど、自分が母さんの年齢になったときも、友だちと一緒に安心して大泣きできる空間が用意されているだろうか。

彼女には確信が持てなかった。

母さんの家は母さんの母さんが残した遺産で手に入れたものだ。ソウルは言うまでもなく、京《キヨン》畿《ギ》道《ド》でも家族3人が暮らす家を買うにはとても足りない金額だった。大学入学と同時に、彼女は狭くてごちゃごちゃした家を出て、同じくらい狭くてごちゃごちゃした学生寮に入った。寮で聞く泣き声は、彼女が家でうんざりするほど聞いた泣き声とは全然違っていた。もう少し軽く、泣き納めまでが短かった。だから彼女は毎晩、家を出てよかったと思った。

彼女は古い高層団地の中でもいちばん奥にある母さんの家を出て、大通りに出た。革靴で坂道を下りていくのは、とても歩きづらい。足首のところでまだストッキングがたるんでしわになっている。それを見おろしていると、姉妹のけたたましい笑い声が思い出された。これから季節が2回以上変わるまでは家に帰らないつもりだった。ただ、感情の起伏の激しい姉妹が突然ストッキングを返してくれと言わないか、改めて心配になった。

何も期待してはいけないし、厄介をかけてもいけなかったのに……。

彼女は姉妹にストッキングを借りるというミスをした自分を責めはじめた。そして結局、冷たい空気が吹き込む地下鉄の駅のベンチに座って柄ストッキングを脱いだ。一瞬で素足にぞっと鳥肌が立った。

始発は20分後に到着予定だった。

キョンヒ台風

「これはあなたとお姉さんたちとの、絶対に守らなくちゃいけない秘密なんだよ。誰にも言ったらだめ。いちばん仲よしの友だちにも。ママにもだよ」

ある日知らないお姉さんたちが、屋上に続く階段にやってきた。

学校が終わるといつも屋上に行く階段に座って、ママが帰ってくるのを待っていた。ママは私にうちの鍵をくれなかった。他の子は家の鍵をネックレスみたいにして首にかけたり、小銭入れに入れたりして持ち歩いていた。そんな友だちを見るとうらやましかった。私が持っているたった一つの鍵は、いちばん仲よしのジョンアとやっている交換日記の鍵で、それさえママに取り上げられそうだったから、筆箱の消しゴムカバーの中に隠して持ち歩いていた。ママはよく私のかばんや持ちものを検査したし、交換日記なんかが見つかったら大変なことになるのは明らかだったから、私はそれをマンションの消火栓の箱の中に入れておいたりした。

うちは15階建てマンションの15階にあった。おかげで屋上につながる階段を私の隠れ家にすることができた。廊下の消火栓は私の小さな金庫で、閉まっている屋上へのドアの前の踊り場が、私の小さな部屋だった。床は春夏秋冬いつも冷たくて、夏でもずっと座っていたら歯がカチカチぶつかるほど寒かった。それでも私は、そこに座ってママを待たなくてはならなかった。

私が学校を終えて帰ってくる時間はいつも同じだったが、ママが帰ってくる時間は毎日違った。主婦だったママが午後になるたびどこへ行っていたのか、そのときの私には想像もつかなかった。私の世界は家—学校、家—学校という行き来がすべてだった（ときどき、買いものに行くママについてショッピングセンターの地下の食品館に行くのが特別な旅行だった）。クラスの友だちは学校が終わると、マンション付設の商店街の2階にあるいろんな教室に行っていた。ピアノ教室、算数教室、英語教室、テコンドー教室。いろんな教室があったけど、私が行きたいバレエ教室はその建物にはなかった。私はどこかの街にはあるはずのバレエ教室を想像してみたりした。

夏休みと冬休みはママがスイミングに通わせてくれた。家の前から青少年センターへのシャトルバスに乗ってプールに行き、同じバスに乗って家に帰ってくる。プールの水はひどく冷たくて、私はコースの途中でときどき足がつってしまい、つった足をつかんで、唇を真っ青にしてコースの端まで歩いていった。行く先々が全部寒かった。屋上の踊り場もプールも、私にはものすごく寒かった。

世の中について私が知っていることは多くなかった。シャトルバスに乗れば15分後に青少年センターに着くが、徒歩ならどうやってそこまで行くのかすら私にはわからなかった。

それでも学校で「科学想像お絵描き大会」が開かれると私は、ベッドの上に丸いガラスのふたがついて、寝たまま乗って移動できる電気自動車みたいなものを描いた。絵のどこかに2020と書けば、何だって未来のように感じられた。1番から35番まで、出席番号をつけて提出した絵を一か所に集めて見ながら、自分たちが大人になったところを想像した。2020年の私たちは瞬間移動することができ、空を飛ぶことができ、寝たまま自動車に乗り、錠剤のような形のごはんを食べ、誰も年をとらないのだ。だが想像はそのときだけだ。ふだんの私たちは誰が体育の授業を休み、誰のわきがが臭く、誰の口臭がひどくて、誰の声が耳障りで、誰の家が給食費を払えなかったかについて話していた。

屋上の階段では眠らないように努力した。ママが家に帰ってきたらすぐに追いかけて家に入らなくてはならない。友だちの家に遊びに行ったり公園にいたりして、ママが帰ってくるタイミングを逃したら叱られる。だからといって玄関の前に座って待っていると、冷たい廊下に座っていたといって叱られた。何度かすごく叱られた後、私は屋上に行く階段に座ってママを待つようになった。何があってもうとうとしたり、ママが家に入る音を聞き逃したりしないように、宿題に集中した。冷たい床に教科書を敷いて座り、1科目の宿題を終えるたびにお尻の下に敷いた教科書を1冊ずつ替えた。お尻に敷いた教科書はいつも少しずつあったかくなってくる。それでも眠くなりそうだったら、消火栓のところからジョンアとやっている交換日記を出してきて眺めた。お絵描き教室に行きはじめたジョンアは日記にも絵を描くようになった。ハイキングのときに着ていく洋服を描いた絵は、何度見てもとてもすてきだった。私は下手な絵で返事したくなかったので、できるだけきちんとした字で、自分が着る服のことをていねいに説明した。

私が屋上の階段に座って待っているのをママが知らないことははっきりしていた。私はエレベーターから降りてきたママがドアを開けて家に入る音をじっと聞いていて、何分か後にそうっと14階に降りていった。それからまたエレベーターに乗って15階に戻り、ドアをたたいた。ママが帰ってくる時間はいつも違ったが、そのたびに私はさっき学校から帰ってきたというふりをした。屋上へ通じるドアはいつも閉まっていて、その階段を上る人はいなかった。そこは完全に私だけの空間だった。

だが、その日は違った。15階でエレベーターが止まると、すぐに2人いるとわかる足音が聞こえてきた。どうして2人なんだろう。ママと隣のおばちゃんが偶然、エレベーターに一緒に乗ったのかな。顔を突き出して下を確認する気にはなれなかった。その間に足音は、1501号室と1502号室のドアの前を通り過ぎた。ママと隣のおばちゃんではないという意味だ。2人分の足音はもう、屋上に向かう階段を一段ずつ上りはじめている。膝の上に広げた教科書がぶるぶる震えているのが寒気のせいか、恐怖のせいか区別もできずにいるうちに、足音は着々と上に向かってきた。

「こんにちは」

階段を半分ぐらい上ってきて、私の方に振り向いた2人が私を見てあいさつした。

背の高さも年齢も同じくらいに見える女の人2人だった。先にあいさつした一人はちょっとお化粧が濃くて髪の毛をアップにしており、もう一人は耳の下で切りそろえたおかっぱだった。2人とも濃い色のズボンに明るいシャツを着て、ショッピングセンターで見たことのあるファンシーショップのお姉さんたちみたいに見えた。

「お姉さんたちは、あなたに会いにここまで来たんだよ」

おかっぱの方の人が先に自分を「お姉さん」と表現したので、それから私もその2人をお姉さんと認識しはじめたようだ。すると、膝の上の教科書の震えがちょっとずつ弱まっていった。

「こんにちは……」

大人に会ったらていねいにあいさつしなくてはならないと教わっていたので、私は立ち上がって頭を下げた。おかげで屋上のドアの前に立っていた私は、一階分低い踊り場に立っていたお姉さんたちを思いきり見おろす形になった。お姉さんたちを下に見ながら頭を下げている様子はけっこうおかしくて、内心吹き出しそうだった。

「ヨンギ、だよね？」

「そうです」

「ああ、よかった」

お姉さんたちが私の名前を知っていることについて、そのときは不安も驚きもなかった。大人たちは私の顔を見ただけで名前がわかるんだと思っていた。新学年になれば、初めて顔を見る先生が初日から私の名前を呼ぶ。私もまた、先生が呼ぶ何十個かの名前とそれに答える声とで、新しい友だちの顔を覚えるのだ。ママと一緒に歩けば、近所のおばちゃんたちが私の名前をすらすらと呼んだ。親戚の人たちが大勢集まる日や、パパの友だちが家にどやどや遊びに来る日も、私の名前はあちこちで盛んに呼ばれた。ときどきおばあさんが「ヨンギや」と呼びかけると、ママやパパが返事した。

「ヨンギや、ちょっと座ってお話ししようか？」

踊り場に立っていたお姉さんたちが私に尋ねたが、どこに座るということなのかわからなかった。私が座っていた屋上のドアの前は、人が何人も座れるほど広くない。とまどってあたりをきょろきょろ見回すと、お姉さんたちは面白そうに笑い出した。

「3人一緒にここに座るのは難しそうだよね？　じゃあ、ヨンギはそこに座って、お姉さんたちはここに立ってることにしよう。どう？」

「どう？」と聞かれてもその方法しかなさそうだったから、私はちょっと前のように教科書を敷いて座り、膝を立てた。

「私がここにいること、どうしてわかったんですか？」

お姉さんたちが私の名前を知っているのには驚かなかったが、この場所を知っているのにはものすごく驚いた。ここはいちばん仲のいい友だちのジョンアにも話したことのない秘密の場所だった。
「ほんとに悪いけど……どうやって知ったかは言えないの」
「なぜですか？」
なぜかという質問に、お姉さんたちは困ったように互いに顔を見合わせた。おかっぱのお姉さんがちょっと固い表情で、前より声をひそめて言った。
「なぜって、お姉さんたちはすごーく秘密の場所で働いているからよ」
「秘密の？」
「うん、ヨンギにも誰にも言えない、ほんとに秘密の場所なんだ」
おかっぱのお姉さんが本当にすまなさそうに目を伏せた。
「その秘密の場所では、私がここにいることを知ってるんですか？」
「うん、ヨンギだけじゃなくて、世界じゅうの子どもが今このとき、どこにいるのか全部知っているんだよ。だから私たちはこうやってヨンギに会いに来られたの」
「世界じゅうの？」
おかっぱのお姉さんが大きくうなずいた。
「それじゃ、お姉さんたちは世界じゅうの子どもたちと会うお仕事をしてるんですか？」
「うん、そうそう。ヨンギはほんとに賢いねえ。だろうと思ってたよ」
化粧したお姉さんがちょっと笑いながら、おかっぱのお姉さんの腕にぽんと触れた。おかっぱのお姉さんが肩にかけていた大きなかばんの中から、厚い本を取り出した。
「お姉さんたちがどうしてヨンギに会いにきたか、お話ししてあげるね。ちょっとこの本を一緒に見たいんだけど、お姉さんがヨンギの隣に行っていいかな？」
おかっぱのお姉さんは私の答えを聞きもせずに厚い本を持って階段を登ってきた。そのまま座ったら床が冷たくてびっくりするはずだが、おかっぱのお姉さんはそんなこともなく階段に座った。私はかばんから教科書を1冊出しておかっぱのお姉さんに差し出した。
「これを敷いてください。床が冷たいから」
「ありがとう。ほんとにいい子だね、ヨンギは」
「ありがとうございます」
大人にほめられたらお礼を言わなくてはいけないと教わっていたので、私はすばやくそう答えた。教科書を敷いて座ったおかっぱのお姉さんは、本を広げて紙をぱらぱらめくっていった。私の教科書の5倍は厚そうに見えるその本は、ぱっと見てもハングルではない文字でいっぱいだった。途中に絵や写真も見えたが、おかっぱのお姉さんはずっとページをめくっていった。
「この写真をちょっと一緒に見ようか？」
やっとめくるのを止めて、ぱっと開いたページのまん中には大きな写真があった。暗い青い背景の中に、白い泡が大きな丸を描いていた。白い泡の中には、ドーナツみたいに穴があいていた。

「ヨンギはこれが何だかわかる？」
「これですか？　えーと、何だっけ……」
知らないことを知らないと答えるたびに叱られた経験しかなかった。知らないことがあっても、思い出そうとしているふりをして時間を引き延ばさなくてはならなかった。だからといって答えが浮かんでくるわけでもない。結局怒られるのは同じだったが、すぐに知らないと答えたらもっと怒られるので、この方がまだましだと思っていた。私が、えーと……何だったかな……と言いながら何度か首をかしげていると、おかっぱのお姉さんが怒らずに答えを教えてくれた。
「これは台風っていうんだよ。台風って何か知ってる？」
「台風？　暴風とは違いますか？」
「近い！　でも、台風は暴風よりずーっと強いんだよ。暴風がだんだん強くなって、とってもとっても大きくなったら台風って呼ばれるの。だから、台風は私たちがお目にかかれる、いちばん強い風っていうことだね」
「暴風は本で読んだんです。台風は初めて見ました」
「そうなの。暴風が出てくる本があるのね」
「はい。童話の本です」
「そうなの。それじゃヨンギは、台風に名前があることもまだ知らないよね？」
「台風に名前があるんですか？」
「うん、暴風には名前がないけど、台風には名前があるの」
「なぜですか？」
「うん、もしも今ここに台風が突然現れたとしてみようか。

そしたら、ここからずっと遠くに住んでいる人たちも、その台風がどこに行くか知りたいわけ。だって、台風はすごく早く動くんだけど、どっちに行くか教えてくれないからね。先に準備しておかなくちゃいけないのに」

「準備？　何の準備ですか？」

「台風はとっても強い風だから、家にいる人は窓をきちんと閉めて、外にいる人は早く家に入らなきゃいけないでしょ？」

「それで、名前は？」

「それで台風に名前がないと、お互いに話すときに不便じゃない？　例えば、『3月30日に韓国の東の海に現れた台風』、こんなふうに名前が長いと覚えづらいし、早く説明できないでしょ？」

「早く言うために名前をつけるんですか？」

「うん。それと、台風どうしを区別するためにも名前が要るの。台風がいくつも同時に現れることもあるからね」

私の組には35人の名前がある。先生は毎日、出席簿を持って教室に入ってくる。出席簿にはカナダラ順〔日本の五十音順にあたる〕に名前が書いてあり、私は苗字が「ハン」なので、ほとんど最後の方だった。台風にも出席簿があるのかなあ？

「それじゃ、この台風の名前は何ですか？」

私はおかっぱのお姉さんが広げているページの写真を指先でぎゅっと押した。写真の中の白い泡は、押したらカサカサしていそうだったが、固くて冷たかった。

「この台風はオリーブっていうの」

「オリーブって何ですか？」

「オリーブは木の実の名前でもあるし、外国の人の名前でもあるのよ」

「オリーブって人の名前なんですか？　初めて聞きました」

おかっぱのお姉さんは、いいね、というようにうなずいた。

「もしもヨンギが台風に名前をつけるとしたら、何てつけるかな？」

「私が？」

大人に質問されたら早く答えなくてはならないことは知っていたけど、すぐには答えが思いつかなかった。早く答えなかったら、私はどうなるんだろうか。学校でやるみたいに立たされたり、教鞭でぶたれるのか？　ママに叱られるときみたいに、長い時間、正座させられるのか。お姉さんたちは言葉遣いが優しく、私の答えを聞くたびににっこりしてくれるが、私が見てきた大人たちはいつも突然表情が変わり、私はそれがいつも怖かった。

「ヨンギは何かに名前をつけたことがある？　例えば、人形とか日記帳に？」

私が持っているクマのプーさんの人形は、プーという名前だった。『魔女の宅急便』に出てくる猫のジジのぬいぐるみの名前はジジだった。グッピーの人形の名前はグッピーだったし、ミミの人形はミミ、ジュジュの人形はジュジュだった。

「私の人形はもともと名前があったんです。ママが買ってくれたときから」

「そうなのね。だけど、もしその人形に最初から名前がなかったら、たぶんヨンギがつけてあげるでしょ？」

「たぶん……」
踊り場にもたれてしばらく立っていたお化粧をしたお姉さんが、急に口を開いた。
「ヨンギ、あのね、実はお姉さんたちはヨンギに、台風に名前をつけてちょうだいって頼みに来たんだよ」
「え？　ほんとに？　今ですか？」
今まで一度もやったことがないことを、初めて会うお姉さんたちの前でできるだろうか。私はおしっこが出そうになって足が震えてきた。
「ヨンギ、うんとびっくりした？」
「はい」
「私たちが仕事をしているところでは、子どもたちに台風の名前をつけてくれってお願いしているの。全世界に10人もいない子どもたちが、台風の名前をつける仕事をやっているんだよ」
「そこに……私が選ばれたんですか？」
「うん。すごーくたくさんいる世界じゅうの子どもたちの中から、ヨンギが選ばれたの」
「どうして？　私、台風がどういうものかも知らないのに」
「だからいい名前をつけられるんだよ。台風のことよく知ってる大人たちは、頭が固くて、いい名前が思いつかないからね」
「頭が固いの？　それじゃ、私も大人になったら頭が固まるんですか？」
「頭も心も、大人になるとだんだん固くなるんだよ」

「嫌だなあ……」
「お姉さんもできたら、台風の名前をつけてみたかったよ。だけど大人には絶対やらせてくれないの。それでこうやって、ヨンギにお願いしに来たんだよ」
　お姉さんたちみたいに、ママもパパも先生も頭が固まってるんだろうか？　だとしても何かを決定するのはいつも大人だけど、それはどうしてなんだろう。私みたいに台風を知らない子どもに台風の名前がつけられるなら、世の中のたくさんの知らないこともみんな、子どもたちが決めなきゃいけないんじゃないのかな。
「それと、これはほんとに秘密なんだけど、もうすぐ大きな台風が韓国に来るの。ヨンギがその台風の名前をつけてくれれば、世界じゅうのニュースにその名前が出るんだよ」
　お姉さんたちは、台風が来ることをどうやって知っているんだろう。大人たちは未来の天気を全部知ってるんだろうか。ママが玄関に傘を出すと、次の日にはいつも雨が降るのだった。
「台風が来たら、私はどうなるんですか？　名前をつけて、世界じゅうの人たちに怒られるの？」
「ううん、ヨンギが名前をつけたことは私たちだけの秘密にするからね。ヨンギも誰にも話しちゃだめだよ。絶対にね。お姉さんたちも絶対に言わないから」
　私の秘密の場所に訪ねてきたお姉さんたちが「秘密にする」と何度も言うのは変だった。
「じゃあヨンギ、そろそろ名前を考えてみる？」

お化粧したお姉さんが手首を上げて時計を見た。大人が時計を見ると緊張する。早く答えないと、ママがすごく怖くなるときみたいに、お姉さんたちもどう変わるかわからない。
「今ですか？」
「うん。お姉さんたちはとっても遠くから来たから、また遠くまで帰らなきゃならないの。でも、台風はだんだん近くに来てるのよ。ヨンギが早く名前をつけてくれたら、お姉さんたちがその名前を持って帰って、世界じゅうに知らせてあげられるんだ」
「あー……」
「ヨンギにちょっと、考える時間をあげるね。名前を思いついたら、すぐに教えてくれる？　言いづらかったら、この紙に書いてもいいよ」
おかっぱのお姉さんが本の間にはさんであった紙を差し出した。ハングルではない文字がぎっしり書かれた紙の真ん中に、四角い欄があった。テスト用紙にもいつも、空の四角があった。そこには絶対に正解を書かなくてはならなかったから、空いている四角を見ると緊張した。今はテストではないから、どんな答えを書いても間違いではないだろうが、だからといって安心はできない。とにかく、お姉さんたちと世界じゅうの人たちをただ待たせておくわけにいかないから、まずは筆箱から鉛筆を出して持った。その瞬間、ウウーン……というエレベーターが動く音が聞こえてきた。1階でママが乗ったのかもしれない。15階でエレベーターが止まってママが降りたら、私はすぐに家に帰らなくてはいけないので、膝の上に乗せた教科書をかばんにしまった。
「ママが来たら私、すぐ行かなきゃいけないんです」
「もうママが帰ってくる時間なの？」
お姉さんたちは世界じゅうの子どもたちがどこにいるのか知ってると言ったけど、世界じゅうのママが家に帰ってくる時間は知らないらしい。
「わかりません。とにかく、今上がってくるエレベーターにママが乗ってたら私は帰らなきゃ」
「それじゃ、今思いついたのでも早く書いてくれる？」
おかっぱのお姉さんが、すぐにでも答えを聞きたそうに頭を私の方へ傾けた。エレベーターの音が途中で止まらないところから見て、もう10階は過ぎただろう。エレベーターが15階に止まったら、この特別な瞬間も全部終わりだ。
全世界が待っている台風の名前を早く考えなくてはならない。突然現れて早く動く、世の中でいちばん強い風。台風と呼ばれるが、台風という名前ではなく、私や友だちみたいに、それぞれ違う名前でなくてはならないもの。大きな白い泡みたいに見えるけど、触ったことも見たこともなく、固くて冷たい、写真の中で今日初めて見たもの。
がっちゃん。
エレベーターが止まる音が聞こえた。階段の下に近いところでエレベーターのドアが開き、誰かが廊下に足を踏み出した。その人が右側のドアの方へ歩いていけば隣のおばちゃんだし、左のドアの方へ行ったらママだ。私とお姉さんたちは、息を殺してじっと足音に集中した。踊り場に立っていたお化粧したお姉さんは、壁に体をぴったりくっつけた。ビニールのがさがさいう音と一緒に足音がゆっくりと動く。左？　いや、右？　エレベーターを出て何歩か歩いていく方向が左なのか右なのかよく聞き分けられない。いつもならそっと頭を突き出して確認するのだが、すぐ隣におかっぱのお姉さんが座っているので、音を立てずに動くのは難しかった。ビニール袋が床に置かれる音とともに、かちゃんと鍵の音がした。木と金属がぶつかるこの音は、確かにママのキーホルダーの音だった。去年の夏、おばあちゃんの家に行く途中に寄ったサービスエリアで、私がチョコとバニラが半分ずつになったアイスクリームを食べているとき、ママが小さい鳥の形をした木のキーホルダーを熱心に選んでいた。そのとき、ママは私と同じで鳥が好きなんだと思ってどんなに嬉しかったかわからない。

　ママの鳥のキーホルダーが揺れて、鍵が鍵穴に差し込まれた。玄関のドアが開き、ビニール袋ががさがさいう音が家の中に消えるとすぐに、ドアが閉まる音とドアに鍵がかかる音が続いた。私はすばやくその場に立ち上がった。おかっぱのお姉さんが急いで一緒に立ち上がり、私はお姉さんが敷いていた教科書もかばんにしまった。

「ヨンギ、名前は？」

　階段をそうっと降り、踊り場に立っていたお化粧したお姉さんに近づいた。お化粧したお姉さんは腰をかがめ、自分の顔を私の顔のそばに寄せた。私はお姉さんの耳に顔を寄せて、正確に2回名前を言うとすぐに階段を駆けおりた。後ろからお姉さんたちが焦って私を呼んだ。

「ヨンギ、ヨンギ！」

私は指を口に持っていき、「しーっ」、静かにしてというサインを送った。

「ヨンギ、誰の名前を言ったの？」

お姉さんたちが廊下に響かないぐらいの小声で聞いた。私は1501号室のうちのドアを指差して、声を出さずに口の形だけで答えた。

「ママ」

全世界が台風になったママを待っているんだと思うと、不思議に嬉しかった。私は足音を立てずに軽々と走って14階に降りていった。

作家のことば
「キム・ギョンヒョン物語」を待ちながら

この本を書きながら、お母さんのことをよく思い出しました。私のお母さんキム・ギョンヒョンは、薄い革のカバーがついたA4サイズのノートにいつも何か書いている人でした。小さいとき、お母さんのノートをこっそり盗み見ても、読めない漢字だらけだったので内容は全然わかりませんでした。若かったお母さんはあんなにいっぱい何の話を書いていたんだろう。本を書くうちにそれが気になり、がまんできなくなってお母さんに電話しました。

本棚の片すみに並んでいたあのノートたちは今どこにあるのか聞くと、お母さんは嫌そうに「あんなのをとっておくわけないでしょう、前に全部捨てちゃった」と答えました。何十冊もの「キム・ギョンヒョン物語」が全部消えたことに私はあわてましたが、お母さんは、あれはしんどくて憂鬱だという話ばかりだったと言い、むしろ私があのノートを見たがるのが変だと言うのです。お母さんの言う通りなら、私が書いている「イ・ラン物語」もしんどくて憂鬱な話ばっかりなのですが、どうして私はこの本を最後まで書いたのかと考えました。

私はイ・ランという一人の人生を生きているだけですが、ときどき私の人生のある部分を記録に残し、それをたくさんの人たちに見せることもあります。仕事をしていて、自分の言ってることややってることに意味があると確信したことはありません。ステージを見にきてくれたり、作品を買ってくれる方たちがいるたびに「何でだろう？」と疑問に思い、もしかして自分がその人たちの気持ちを逆撫でする行動をするのではないかと思って戦々恐々とします。私の歌と話が好きだ、応援すると言ってくれる方たちが、私の足りないところ、未熟さに失望して離れていくところをよく想像します。私はなぜ、こんなに怯えているのでしょうか。

最近、私が映画音楽を担当したある女性監督の私的ドキュメンタリーが、ソウル国際女性映画祭で上映されました。映画の主人公でもある監督は、自分の生活を手加減せずに映画にこめ、観客はこの映画を通して一人の人間の矛盾も足りないところも混乱も、みんな見ることができました。私は音楽を担当するために映画を何度も見ましたが、ある部分は本当に理解できず、何度も電話して、監督の人生に対する態度について聞きました。監督は自分の人生を生きると同時に記録し、映画にしていくという混乱の過程の中にあっても、いつも「今の私の考えはね」と、はっきり語りつづけました。

ついに映画祭での初上映を終えて観客の前に立った監督は、「一人の女性の自伝的記録には意味があります。私はそれをずっとやっていくつもりです」と力をこめて語りました。怯えることのないその姿が頭の中からしばらくの間、消えませんでした。

怯えることなく仕事をしたいと思います。お母さんは私によく、「目立たず、おとなしくしていろ」と言いました。その言葉は、お母さんキム・ギョンヒョンがどんなに怯えながら生きてきたか、そしてその言葉を聞きながら育った娘のイ・ランもどんなに怯えて暮らしているかを物語っているようで、思い出すたびに気の毒で、悲しくなります。もっと多くの人たちが怯えずにものを言うことができたら、お母さんには何十冊もの「キム・ギョンヒョン物語」が残っていただろうし、私の最初の「イ・ラン物語」の完成をとてもほめてくれたでしょう。けれども今の現実では、お母さんにまた一つ心配と恐怖のもとを提供するみたいで、ちょっと悲しくもあります。

にもかかわらず、本を発表します。何年か前から麻浦《マポ》区の何か所ものカフェで、ケーキとマカロンとラテをおごってくれて、フィクションを書いてごらんと励ましてくださった編集者のイ・ジウンさんが、この本を作るにあたっていちばん大きな力になってくれました。まだお会いしたことはありませんが、校正紙と一緒に長い手紙のやりとりをしたのでいつの間にか同志みたいに感じるようになった校正／編集者のチェ・ゴラさんにも、深い尊敬と感謝を伝えたいです。今夜もかわいくて神秘的な絵を描いているイ・ビンソヨンさんと、いつもちょっと離れたところから眺めるだけだったピョン・ヨンジュ監督。この本を口実にお二人とつながることができて本当に嬉しかったです。みなさんがそれぞれの人生をひるまず強く生きておられるおかげで、私も今日の無気力に負けず、文章を書くことができました。この本を作っている間、違う人間どうし、お互いの人生を理解できなくても尊重することができると学びました。私と私の文章を尊重してくださって、ありがとう。

もっと多くの人たちが、怯えることなく自分の記録を残すことができたらいいと思います。そして何より、「キム・ギョンヒョン物語」の執筆が再開されることを心から願っています。

2019年9月　　　　　　　　　　　イ・ラン

娘イ・ランと私キム・ギョンヒョン

キム・ギョンヒョン

私・キムギョンヒョン

私の「幼年の庭」、一緒に成長してきたなつかしい場所。初めてそこへ行ったとき、女の子が一人、真っ暗な物置きの中に閉じ込められており、戸のすきまから見えるお母さんはこっちを見向きもせずに台所で働いていた。家族の無関心と暗闇への恐怖でへとへとになってしまったときに誰かが助け出してくれたが、もう遅すぎ、私にとってそれはトラウマとなり、大きな傷となった。

私が物置に入れられた理由は、私と同い年の叔母さんとけんかしたからだ。母方のおじいさんから与えられた罰だった。おじいさんは6・25〔朝鮮戦争〕のときに2人の息子をなくし、孫をもうけるため、家庭外でできた女の子を連れてきて大事に育てた。私はお母さんのおっぱいを叔母さんと分け合って飲み、小さいときから同じ服を着せられてもいたが、母方のおばあさんとお母さんの優しくない視線を浴びていたから、その叔母さんとしょっちゅう力比べのけんかをしていたのだと思う。

母方のおじいさんは、漢江《ハンガン》の土手の下手にある家の近所で土地のほとんどを買いしめた富裕な事業家の孫だったので、先祖代々のまじめさで、朝の4時ごろから畑で一日を開始した。だが私のお父さんはこの家に入り婿で入った人で、違う遺伝子を持っていたせいか、夜遅くまで一人で外国映画を見に行き、遅い朝ごはんを食べてのんびり歩くという習慣を守っていた。

こんな私のお父さんは婚家で、寂しい島で暮らす人みたいだった。まるで、一人で島に住んでいて、家に来て必要な仕事をゆっくりやったらまたその島に帰って休んでいるようだった。こんな夢想的な生活をしているお父さんは、おじいさんの目には怠け者で気の利かない、非現実的な人に見えただろう。

けれどもおじいさんは、妙な緊張感と息詰まるような空気を醸し出してはいたけれど、私のお父さんに対しては特に何も言わなかった。戦争の中で2人の息子を失っても喪失感を表に出さない、そんな人柄だったからこそ可能だったのではないかと思う。

当時私はとても小さかったけれど、いつかこんな大人たちの状況を理解できる日も来るだろうと思い、心の中に大事にしまっていた。

30代のころから孔子の本を読みはじめ、感情に振り回されない君子の姿や、母方のおじいさんの生き抜くための冷徹さがわかるようになった。以後、クリシュナムルティ的な本をはじめさまざまな本を読むようになったのは、あまりにも違う世界観を持って生き抜いた2人の姿を見て育ったため、おじいさんとお父さんの世界を知り、理解したいという気持ちが強かったからだ。

ランの「家族を探して」

私は「幼年の庭」が恋しくて、よくそこを訪ねて行ったが、いつからか、物置きの中に閉じ込められていた女の子はドアを開けて庭へ出ていき、ギターを弾き、ランの歌を歌いはじめた。

一時期はトラウマに囚われたまま息を殺して生きていたその子が、今は大きくなって、淡々と歌う力を持つようになった。

では、ランはいつから歌を歌いはじめたのだろう？

上の娘は歩き出すとすぐに、私と手をつないでマンションの移動図書館に行き、本を借りるようになった。三輪車に乗って近所の花を見に行ったりし、しばらくすると行きつけの本屋で本を買う楽しみが始まった。次にランが歩けるようになると、力を合わせて、後部座席に弟を乗せ、お姉ちゃんが運転して近所を一回りし、行きつけの本屋に行き、本を乗せて帰ってくるという自転車の旅を一緒にやった。

そうやって買い込んだ本でわが家の書斎はいっぱいになっていき、このころからランは、お姫さまの歌を歌いはじめた。

どこにいても歌ってくれるランの歌は、宮殿で王さまや王妃さま、お姉ちゃんと弟、友だち、動物たちと暮らす中で起こるさまざまなお話を歌にしたものだった。親戚たちもそれを聞いて、こんなお姫さまの歌を4、5歳のちびっこが作るなんてと驚き、ランはいつも、とてもほめられていた。

ランの歌はどこから出てきたのかと考えてみる

私の母方のおじいさんは、心の中の恨《ハン》を表に出さない冷徹な姿で通した人で、私のお父さんはゆったりした人生観を持ち、忙しい農夫の日常を送るより、「孤独な島」で時間旅行をした人だった。

いつか理解できる日のために「幼年の庭」でたくさんのお話を心にためていた、小さいころの私の姿。

そして私と2人の娘は、一緒に三輪車に乗って本屋さんから運んできたたくさんの本の世界で生きていた。お姫さまになって考え、歌を歌えば不思議なことに何もかもがかなう、そんなお話がランは気に入ったのだろう。

今までの人生を振り返ってみると、私は図書館と本屋さんで多くの時間を過ごしてきた。カウンセリングルームで、また友だちとたくさんの会話をしながら、インナーチャイルドを慰め、成長させるための時間もたくさん持った。そして怖かった「幼年の庭」を徐々に、トラウマだらけの場所ではなく、理解と許しを学ぶ貴重な機会だと思えるようになった。

もう60代になった私は私の道を歩み、
30代のランはランの道を行く。

一時期トラウマに囚われ、恐れていたちびっこに出会い、慰めようとして過ごした時間が、歌や絵などのさまざまな形を作ってくれたのだろう。

その意味で見たとき、ランの「家族を探して」を、閉ざされた「幼年の庭」に自由と愛をもたらしてくれた勇気だと呼びたい。

勇気をもって歩いていく私たちみんなに感謝と拍手を送りたい。このことばをもって私の文章を終わりとする。

日本語版作家のことば

「名づけること」が生涯の夢

コロナ時代が始まった3月から、手の先がしびれて冷えたり、夜中に目が覚めて、ぱっと起き出して泣いたりする日がときどきあります。同じニュースをくり返し見て、メッセンジャーに毎日飛んでくる数字を読み、声に出して言いながら不安感を受け入れ、ほかの人にも伝えています。こんな日々が続けば続くほど、信じていた「価値」を考え直さざるをえなくなります。信じていた日常や計画が崩れだして以来、去年ガンの診断を受け、一瞬で日常が変わった友だちのことをよく考えていました。その友だちは最近、文章力が認定された人だけが加入できるサイト（認定の基準は私も知りません）で、ガンと疼痛とともに生きる自分の人生を少しずつ記録しはじめました。彼がガンの診断を受けてまっ先にやった「しごと」は、予定していたことができなくなったと大勢の人に話すことだったそうです。明日の予定、来月の予定、来年の予定、10年後の予定を信じ、追いかけてきた人生が突然崩れるという経験だったのですね。

そんな経験が、新型コロナウイルスによってみんなにもたらされています。今回のように世界的な変化をみんなが一緒に経験するのは、私にとっても初めてのことです。COVID-19といった新しい名前がこの世に投げ入れられると、みんな、まだ正体がつかめないその名前にあわてふためき、怖がり、それについて何度も話し、忘れようとすることもあります。そんな時期が過ぎると、この名前を冗談にしてみんなで笑おうとする人たちも出てきます。さまざまな状況を振り返ってみると、私はそういうときに冗談を言う人らしいのです。

友だちは「ガン闘病作家志望者」という新しい自己紹介とともに物書きを始め、もしも本を出すことになったら、そのタイトルは「生涯の夢がおこげ湯」〔おこげ湯はご飯を炊いた後の釜に湯を注いで煮立てたもので、食後に飲む〕にしたいと言っています。「生涯の夢がおこげ湯」というのは韓国のことわざで、精一杯の要求がものすごくつまんないことであるのをたとえて言う言葉なのです。

友だちがガン患者になる前に私たちはよく、お互いの計画と予定を我先に話していました。

「私、こんどはほんとにすっごいことになると思う。そうだよ、一回は目にもの見せてやろう。ついに光が当たるんだよ。もうちょっとがまんして、頑張ろう」

そう言っていた私たちは今、今夜ちゃんとおこげ湯を飲めたかどうか話しています。

「夕ごはん食べた？　飲み込める？　ごはんがきついなら、おこげ湯でも飲んでね。私もおこげ湯飲んだよ」

おこげ湯は、彼が楽に食べられる料理の名前でもありますが、計画と予定を信じ、重い病気になるまで走ってばかりいた以前に比べてずっと素朴な日常を送っている彼自身を意味する名前になりました。今、友だちに会うとおこげのことを思い出し、おこげを見ると友だちを思い出します。

私は1986年1月に韓国のソウルで生まれました。予定日よりすごく早く生まれたため、たいへん危険な状態だったそうです。そのため私は名前がないまま病院で1か月以上過ごしました。やがて無事に生き延び、「キム・ギョンヒョン」という名前のお母さんと「イ・ソク」という名前のお父さん、「イ・スル」という名前のお姉さんが住む家で暮らすことになりました。

国語の先生だったお父さんが『玉篇』〔韓国の代表的な漢字辞典〕を一生けんめい見て、「波」という意味を持つ「瀧」という漢字で私の名前をつけました。ここに、お父さんの姓である「李《イ》」をつけて「イ・ラン」というフルネームを持つことになりました。1文字の姓に2文字の名前をつけた3文字のフルネームの人がほとんどの韓国で34年間暮らす間に、フルネームが2文字であることについていっぱい質問され、判断され、からかわれました。3文字が基準の名前たちの中で、1文字少ない私の名前は目立ちすぎたらしいのです。

この、2文字の名前が始まりだったのでしょうか？　私はすべての「基準となるもの」に疑問を抱くようになりました。名前は3文字というのは誰が決めたのか。どうしてみんなそれに従っているのか。一方、それに従わない人はどういう人だろう。学校にはなぜみんなが8時までに到着しなくてはならないのか。発表するときはなぜ手を上げなくてはならないのか。歌を聴いた後にはなぜみんな手をたたき、声を上げるのか。生まれて初めて会った人たちと、なぜ「家族」という名前で一まとめにして呼ばれるのか。どうして仕事をすると仮想空間の数字を何個かもらうことになるのか。時間と曜日。日付と年数。人間と動物。たくさんの職業、性別と国籍と言語。しまいにはドアを開け閉めするドアノブの高さや階段の高さまで。この世は誰が決めたのかわからない基準でいっぱいで、それらには全部名前がついていました。

そんな名前だらけの世の中を生きてきてたくさんの名前を覚えれば覚えるほど、それよりももっと大勢の多様な人たちと会話する経験はいつも不思議でした。だから私は今日も名前を覚え、名前をつけ、名前で遊びます。新しい名前で遊んでみても怖いものはやはり怖く、痛いものはずっと痛いままですが、この遊びはやめられないのです。

この短編集では「名前のついたもの」と「新しい名前をつけること」について多くを語っています。ハングルで書いた『アヒル命名会議』という名前の本に、「河出書房新社」という名前の出版社で働く「竹花進」という名前の編集者の方がありがたい提案をしてくれて、翻訳出版されることになりました。本の中の話全部と、このあとがきまで「斎藤真理子」という名前の翻訳者の方が翻訳してくださる予定です。「日本語」という名前の言語を読める方たちに、私の遊びと考え、そしておこげの話までできてとても嬉しいです。いつかウイルスの時代が落ち着いたら、「飛行機」という名前の移動手段を使って「日本」という名前の国に行き、私を「イ・ランちゃん」または「イ・ランさん」と呼ぶ人たちに会って、できるだけいっぱい話をしたいです。

2020年6月　　　　　　　　　　　　　　　イ・ラン

訳者あとがき

イ・ランさんは「目盛りをゼロに戻せる人」みたいに思える。いろんな知識をいっぱい蓄えていると思うけど、それらはいったん無に戻し、自分だけのゼロ地点から考えを組み立てられる人。というか、それ以外のやり方をしない人。

本書の「私は今日聞いた」に、こんな一節がある。

なぜ、この不幸な世の中を作ったのですか？
私はどうして生きているのですか？
そして、これがいつまで続くのでしょう？

イ・ランさんの表現の根にはいつもこれがある。それを、さまざまな種類の笑いや発見、驚き、思考と合わせながら形づくっていく。

去年、イ・ランさんは新たに小説という方法を選んだ。ウィズダムハウスから2019年10月に刊行された初小説集の題名は「アヒルの名前づけ」という。日本語版の本書『アヒル命名会議』はここに、書きおろしの短編「キョンヒ台風」と、作家のお母さんであるキム・ギョンヒョンさんのエッセイ

「娘イ・ランと私キム・ギョンヒョン」を加えたものだ。

原書のあとがき（「作家のことば」）でイ・ランさんは、お母さんがずっとつけていた日記を捨ててしまったことに触れ、「『キム・ギョンヒョン物語』の執筆が再開されることを心から願っています」と書いた。日本語版でそれが実現して、とてもとても嬉しい。

初めての小説集を編むにあたって、イ・ランさんは担当編集者たちとかなり踏み込んだやりとりを行ったという。あるインタビューで「〈校正戦争〉というようなものをくり広げた」と話している。だが、そのプロセスは「苦しいが面白いもの」で、「互いに異なる観点について、私にも当然私の理由があるけれど、相手にもその人なりの理由があると考えれば、もう一度考える契機になり、直していく過程が面白くなりました。初めてのことに対処する際にはこの方法をとればいいんだなと思ってね。考え直すことは、人間の持っているいちばん大きな能力なんじゃないかと思う。こういうことをみんなと一緒にやりたい」と話した。こんなものの見方も本当にすてきだ。

そうやって、こんなにバラエティ豊かなイ・ラン物語が出来上がった。

なお、「手違いゾンビ」は『完全版　韓国・フェミニズム・日本』（河出書房新社、2019年11月）に収録されたもの。

また、「あなたの能力を見せてください」は、86年ぶりの3刷を記録した『文藝』2019年秋季号の特集「韓国・フェミニズム・日本」に「あなたの可能性を見せてください」というタイトルで掲載、その後、著者自身によって「あなたの能力を見せてください」と改題・改稿され、『小説版　韓国・フェミニズム・日本』（河出書房新社、2020年5月）に掲載された。両者ともこの機会に訳稿を見直している。

文中には最低限の訳注を入れたが、そこで言及できなかったことを以下に補う。

■「あなたの能力を見せてください」

142ページで父親が主人公に言う「パンツベラ」の「ベラ」とは、「イザベラ」などイタリアの女性名に使う「ベラ」（美しい）の意味とのこと。

■「センセーション・ファッション」

このお店の名前は、イ・ランさんが実際にやっていた古着屋さんの店名だそうだ。ちなみにこの作品や「旗」「お前のすべての意識を認知せよ」には再開発と撤去、立ち退きの話題が出てくるが、再開発とそれに伴う利権追求、住民の反対運動はソウルのみならず韓国のどこでも日常的に起きていることで、小説やドラマなどにもよく出てくる。

■「贈与論」

タイトルはマルセル・モースの本『贈与論』から。また、文中で「姉妹」「母さんの姉妹」という呼称がくり返し使われるが、それは「妹とか叔母さんといった、家族内権力が感じられる呼び方より、少しは同等に感じられる連帯感を表現したかった」からとのこと。

　このような呼称の問題は、本書のテーマ「名づけること」と深くかかわってくる。また、イ・ランさんだけでなく韓国の女性の作家たちは最近、呼称の問題に果敢にチャレンジしており、「彼女」という言葉を使わずに書いたり、明らかに女性とわかっている人物に「彼」を用いたりして、既成の呼び方（名づけ）を揺さぶりながら思考を深めているようだ。

　ついでに言うと、本書の中には人物の性別がどちらかはっきりしない（どちらとも読める）設定も出てくる。これもまたイ・ランさんだけでなく、最近の女性作家たちが取り組んでいる課題である。

■「娘イ・ランと私キム・ギョンヒョン」

　冒頭に出てくる「幼年の庭」という言葉を読むと、韓国文学を知っている人なら誰でも、高名な女性作家呉《オ》貞《ジョン》姫《ヒ》の同名の小説を思いだすだろう。イ・ランさん自身も呉貞姫がたいへん好きだそうだが、お母さんはこの作家を知らず、「幼年の庭」は小さいころの寂しく辛い記憶を表す、ふだんからよく使っている言葉だそうだ。263ページの「家族を探して」は、イ・ランさんのセカンドアルバム＋エッセイ『神様ごっこ』に入っている歌のタイトル。

■原書では年齢を韓国式に数え年で表しているが、本書では日本式に満年齢で表記している。

なお、一ウォンは約〇・一円なので、文中に出てくる金額は十分の一にすると日本での物価の感覚に近くなる。

また、韓国では結婚後も女性の姓が変わらないので、母親と子どもの名前が違うのが一般的である。

本書の原書には、「作家のことば」にも登場するピョン・ヨンジュ監督が推薦の辞を寄せている。監督はまず、光州事件を歌った詩人として有名な金《キム》準《ジュン》泰《テ》の詩「この世に消えるものは一つもない」の一節「消えるということ／壊れるということ／穴があいたりつぶれるということ／それはただ私たちに／別の形で見えているだけ」を引く。そしてイ・ランさんの世界を次のように言い表す。

「そして今、生産者イ・ランは、壊れたり、別の形に変化したり、みんながもう消えたと言っているものでも、『自分が』それを見た瞬間にすべては新しい意味を持つ、と語っているようだ」。そして、「一瞬で魅了され、気持ちよくお腹がふくれる感じの小説」と『アヒル命名会議』を推している。

みなさんにもぜひ、この新しい小説集で気持ちよくお腹を満たしてほしい。そして満足したら、できる人はぜひ、イ・ランさん自身をはじめ多くのアーティストたちの仕事を、お金を払って支援しませんか、と提案したい。

イ・ランさんは「好きなことをやってるんだから、お金をもらわなくてもいいでしょ」という社会の雰囲気のせいで、アーティストが無料でいろんなことをやらされるケースが多すぎるのに対抗し、「物語製造業者」と自称していたこともあるという。コロナ時代の今、世界を新しく名づけるために苦心を重ねている人たちを、形あるもので支えていきましょう。この本もその一つ、と思いながら翻訳した。

さまざまな質問に根気よく答えてくださったイ・ランさん、担当してくださった竹花進さん、翻訳チェックをしてくださった伊東順子さんと岸川秀実さんに御礼申し上げる。

また、イ・ランさんのアイデアで、工藤夏海さんから本短編集のイメージに合わせた鉛筆画を書き下ろしていただいた。それらは装幀および本文各篇扉に使用されている。この場を借りて御礼申し上げる。

2020年10月、イ・ランさんと「ソウルジギ」とのコラボによる「花だったんだ」を聞きながら

斎藤真理子

イ・ラン（이랑、Lang Lee）

1986年、韓国・ソウル生まれ。シンガーソングライター、エッセイスト、作家、イラストレーター、映像作家。16歳で高校中退、家出、独立後、イラストレーター、漫画家として仕事を始める。その後、韓国芸術総合学校で映画の演出を専攻。日記代わりに録りためた自作曲が話題となり、歌手デビュー。短編映画『変わらなくてはいけない』『ゆとり』、コミック『イ・ラン4コマ漫画』『私が30代になった』（中村友紀／廣川毅訳、タバブックス、2019年）、アルバム「ヨンヨンスン」「神様ごっこ」「クロミョン」「ランナウェイ」（柴田聡子との共作）、エッセイ集『悲しくてかっこいい人』（呉永雅訳、リトルモア、2018年）がある。「神様ごっこ」で2017年韓国大衆音楽賞最優秀フォークソング賞を受賞し、授賞式のスピーチでトロフィーを競売にかけ50万ウォンで売ったことが話題になった。本書が初の小説集となる。また、新作エッセイ集の邦訳（オ・ヨンア訳、リトルモア）が2021年に刊行予定。

斎藤真理子（さいとう・まりこ）

1960年新潟市生まれ。翻訳家。訳書に、パク・ミンギュ『カステラ』（ヒョン・ジェフンとの共訳、クレイン、第一回日本翻訳大賞受賞）、チョ・セヒ『こびとが打ち上げた小さなボール』（河出書房新社）、チョン・セラン『フィフティ・ピープル』（亜紀書房）、チョ・ナムジュ『82年生まれ、キム・ジヨン』（筑摩書房）、ハン・ガン『回復する人間』（白水社）、チョン・イヒョン『優しい暴力の時代』（河出書房新社）、ファン・ジョンウン『ディディの傘』（亜紀書房）などがある。

アヒル命名会議

2020年11月20日　初版印刷
2020年11月30日　初版発行

［著　者］イ・ラン

［訳　者］斎藤真理子
［装　幀］森敬太（合同会社 飛ぶ教室）
［装　画］工藤夏海

［発行者］小野寺優
［発行所］株式会社河出書房新社
〒151-0051
東京都渋谷区千駄ヶ谷2-32-2
電話 03-3404-1201（営業）
03-3404-8611（編集）
http://www.kawade.co.jp/

［組　版］株式会社キャップス
［印　刷］株式会社暁印刷
［製　本］加藤製本株式会社

Printed in Japan　ISBN978-4-309-20814-5

優しい暴力の時代

チョン・イヒョン

斎藤真理子訳

それでも私たちは生きて、ゆっくりと消滅していくだろう。

母と子、妻と夫、恋人、同僚、同級生……。人々は親切に、礼儀正しく傷つけ合う。類いまれなストーリーテラーによる鎮魂歌のような短編集。